三訪！愛開不開的深夜咖啡店

きまぐれな夜食カフェ

マカン・マランみたび

古内一繪

緋華璃 譯

目錄

第一話

嫉妒的草莓糖漿

八十公分見方的桌子被屏風隔開，桌上只有電腦和電話。

工作到一個階段，弓月綾按下離席鈕，摘下直接連在電話上的耳機，接線生響徹整個辦公室的說話聲宛如撲天蓋地的海浪，一層層打來。

「是……是……真對不起。」

層層疊疊的音浪中，傳來一個特別拚命的聲音。看了一眼，隔桌的接線生正不斷地低頭道歉。

那是個三十來歲，大約一週前才開始在這裡工作的家庭主婦。

「真的……非常抱歉。」

聽見比自己年長的主婦講得都快聲淚俱下了，綾站起來，穿過狹窄的走道，走向洗手間。走到寂靜的走廊上，發現腦海中響起電子音。聽說耳鳴是接線生的職業病，大概是長時間佩戴耳機的關係。

綾在龍頭電腦公司的客服中心打工當接線生已經有四年的時間，在這個離職率相當高的職場是無人可比的老資格。

一般來說，接線生當到第五年，應該會有人來問他要不要升格為人稱督察的現場管理者。事實上就有不少資歷比綾淺的打工人員升任督察，成為約聘員工。

然而，從來沒有人問過綾這件事，綾也還不急。

綾之所以開始在這裡打工，是因為大學畢業後遲遲找不到工作，回想找工作的那些過程，至今仍覺得背脊發涼。

而且只要別太貪心，日子其實沒那麼難過。打工仔雖然無法享受保險或獎金或退休金制度，但是聽到一些大學畢業就進去工作的人，被公司逼迫提早退休的例子後，不免覺得無論公司採取什麼樣的雇用型態，都無法得到高枕無憂的保障。更何況，比起被不給加班費的黑心企業逼著加班的人，接線生的時薪其實還不壞。

綾望向髒兮兮的窗戶，陰沉沉的灰色天空下，林立著中層大樓的街道十分殺風景。總公司位於灣岸的高塔式住宅大樓內，外包的客服中心則是在麴町的老舊住商混合大樓裡。

附近有座小公園，所以烏鴉的叫聲不絕於耳。都會裡的每一座公園都充滿了烏鴉。

驀地想起櫻花大概已經開了。今年是暖冬，但春分後突然受到強烈冷氣團的襲擊，明明已經是三月尾聲，天氣卻始終像是回到了二月。

綾彎腰駝背地推開洗手間的門。

就算櫻花已經開了，自己也沒有一起去賞花的對象。不只今年，從學生時代開始就一直是這樣，因為外表看起來也比實際年齡蒼老許多，綾都快忘了自己才二十六歲。

表情充滿絕望。

看著自己的臉倒映在被水垢弄得霧濛濛的鏡子裡，綾輕聲嘆息。鏡子裡有個戴著黑色粗框眼鏡，臉龐浮腫得不太健康的女人正瞪著自己。

耳鳴突然變得嚴重，綾皺起眉頭。或許是因為慢性的睡眠不足，不只耳鳴，一整天都覺得腦袋昏昏沉沉。這陣子每天都快天亮才睡，好不容易睡著了，通常也只睡幾個小時就會醒來。

已經好幾年不曾有過睡得香甜的記憶了。嘴巴抿成一條線，表情生硬地從鏡子裡回望自己的臉，看起來比鄰座的三十歲主婦難相處好幾倍。

一思及此，主婦反覆說著「真對不起」的細細嗓音迴盪在耳膜深處。

再這樣下去，綾猜他恐怕連一個月都撐不住。

『這是一份真心服務顧客的工作，我們需要個性開朗、溝通能力強的人才，歡迎大家利用閒暇時間，神采奕奕地來這裡工作。』

會把這種徵人廣告當真的人，通常沒多久就會黯然離去。

因為這裡其實完全不需要溝通能力。就拿綾來說好了，四年來一次都沒發揮過這種能力。若想長期從事這份工作，真正需要的是左耳進、右耳出的功力。

辦公室裡清一色都是打工人員，工作本身一點也不難，幾乎不用直接向顧客說明困難的商品知識或使用方式，只要接起響個不停的洽詢專線，利用電腦裡的客戶編號撈出產品的型號及合約，再轉接給各單位的負責人即可。

然而，打電話來的顧客絕大多數都不記得自己購買時輸入的帳號，一旦要跟對方核對帳號，或者是請對方重新申請帳號，就算只是讓對方在電話那頭等了幾分鐘才接通，客戶都會氣得跳腳。

就算官網上用紅字清楚明白地標示出「詢問時需準備好客戶編號」也一樣。

『什麼是客戶編號？』

『話說最近帳號太多了，根本管理不過來。』

『就是因為電腦開不起來才打電話來，你還要我用電腦查，是想氣死我嗎！』

被罵得狗血淋頭的原因都是接線生無能為力的事，如何聽聽就算了，別放在心上是從事這項工作真正的關鍵，要是像剛才的主婦那樣，每件事都往心裡去，不斷地向電話那頭的客戶道歉，身體和心理都撐不下去。

其中也有不是打來諮詢，純粹來找碴的人，也就是所謂的奧客。抓住接線生不能主動掛電話的弱點，肆無忌憚地說話傷人。

綾本身也曾經在依照工作手冊向顧客打招呼道早安的時候，被客戶挑毛病：「上午十一點不早了，老師到底是怎麼教你的。」也曾有客戶不掛斷電話，故意按保留鍵，硬生生地占了將近兩個小時的線，只為了「也讓你嘗嘗等候電話接通的滋味」。

對於只想發洩自己的怒氣，不在乎找任何人麻煩的人來說，再也沒有比電話那頭素未謀面的接線生更好凌虐的對象了。

掀開糖衣，世上充滿了醜陋的惡意與敵意。

如果不能習以為常，就不適合這份工作。綾直勾勾地盯著倒映在鏡子裡的自己。開襟毛衣已經舊了，手腕和手肘附近起了很多毛球，裡面是件運動衫，脖子部分也鬆垮垮的，擺明是對很多事都已經死心放棄的模樣。

聽見其他人的腳步聲，綾回過神來。接線生離開座位時按的按鈕連到督察的包廂，上班時間如果離開座位太久，緊迫盯人的督察就會來罵人。

視線從髒兮兮的鏡子上移開，綾快步走回辦公室。

中午時間一到，綾立刻把自己的電話切換成自動語音，接下來的一個小時是客服中心的休息時間，配合這個時間掛電話也是接線生的必備技能之一。

往旁邊一看，鄰座的主婦果然還戴著耳機，對著麥克風拚命解釋。大概是看不下去了，督導走出自己的包廂，朝這邊走來。綾趕緊離開座位，走向置物櫃。

擺放置物櫃的空間很小，由下而上塞滿了從十幾歲的工讀生到六十多歲兼差女性的置物櫃，大家紛紛拿著小手提袋或化妝包，進入休息模式。

辦公室鱗次櫛比的麴町一帶沒有太多餐廳，取而代之的是每天由外送便當店帶著各種口味的便當來賣。

在這裡工作的女性大致分為三種。

人數最多的是買便當或自己帶便當，並在只有白天開放的會議室用餐的一群人，其次是去車站前唯一一家家庭式餐廳吃飯的人，最後則是手頭比較充裕，可以去赤坂見附那附近餐廳吃飯的人。

在會議室裡用餐的成員多少還會換來換去，但是去家庭式餐廳吃飯的人和去赤坂見附吃飯的人很固定，會在中午休息時間形成兩個壁壘分明的小團體。

綾不屬於任何一個團體。

他總是背對著七嘴八舌聊天的女生們，從置物櫃拿出在上班途中的便利商店買的甜麵包和瓶裝茶、手機。為了防止顧客資料外洩，在客服中心上班的接線生不可以把手機放在桌上。有些接線生因為孩子還小，擔心接不到緊急聯絡電話，但是既然會接觸到管理個資的電腦，就不容許有例外。

每次拿到手機，雖然不是要檢查有沒有人打電話給他，綾心裡都會湧起一股難以言喻的安全感。

那是一種與外界「保持聯繫」的感覺。

綾把手機放進開襟毛衣的口袋裡，拿起麵包袋和保特瓶，走出擺放置物櫃的房間。掩人耳目地走在走廊邊邊，爬上盡頭的樓梯。

推開通往屋頂的沉重鐵門，冷風迎面而來，早知道就穿上羽絨外套了，但也不想再回去拿。

綾收攏開襟毛衣的領口，跨過腳邊的配線管，走近水塔。他固定在水塔旁的斑駁長椅上吃午餐。

偶爾會遇見打掃的老人，除此之外根本沒有人會喜歡來這個雜亂無章，只有裸露的配線管，四周都是高牆，看不見任何風景的屋頂，尤其是現在這種寒冷的季節。

因此綾得以不受任何人打擾，自由自在地享受屬於自己的時光。

撕開塑膠袋，把軟綿綿的甜麵包塞進嘴裡。今天是紅豆奶油麵包。他也吃過果醬或加了起司的麵包，但只要能填飽肚子，吃什麼都無所謂，重點在於能單手拿著吃就好。

綾心不在焉地咀嚼甜麵包，右手操作手機。

解鎖後，部落格的首頁立刻映入眼簾。

我討厭你，也不想被你喜歡。

黑底大紅色的標題在小小的液晶螢幕裡釋放出異樣的存在感。

確認過昨天剛上傳的推特畫面，已經有上百人分享那篇文章了。

綾對成果十分滿意，鎖定最近在女性雜誌上掀起話題的超級食物咖啡店果然是明智之舉。

一個一個確認過分享那篇文章的帳號。

『我討厭你小姐果然是最棒的！精準地掌握到雜誌那些專門寫好話的報導絕對不敢寫的重點』

『果然還是那麼一針見血wwww』

『我對這種追逐流行的咖啡店也心存懷疑……』

讚賞及追捧的留言陸續湧現。

推特的好處在於幾乎都是匿名帳號，不同於原則上必須以本名登錄的臉書，不用裝模作樣，也不用講場面話，不需要透過交友申請等麻煩的手續就能看到別人的推特這點也很輕鬆，所以這個部落格只放了推特的分享連結。

在高度匿名及輕鬆參與的前提下，人們反而會百無禁忌地卸下所有的保護色，光是冷眼旁觀都很好玩。

指尖在液晶螢幕上游移，除了老面孔，也可以看到幾個新帳號，其中不乏以轉發為目的，擁有超過一千名追隨者的機器人帳號。綾滿心期待地看著隨他們的推特被轉發或按「讚」，部落格的文章在網路上到處擴散的模樣。

我討厭你——省略部落格標題的後半部，簡稱為「我討厭你」的匿名部落格自綾成立以來已經有好幾年了。

部落格只有CAFÉ、BOOK、COMIC、MOVIE、THE OTHER這五個分類，不見一

般部落格常有的日記、個人簡介、留言等欄位，當然也沒有以廣告收入為目的的連結。
檢查過所有的帳號後，綾打開昨晚剛上傳的最新文章。

超級食物咖啡店　南青山

首先，地點太難找了。官網的地圖畫得很精美，但是連個地標也沒有，既然位在住商混合大樓裡，就應該開誠布公地說明對面是小額信貸公司才對。

女店員也很沒禮貌，完全不肯說明菜色，很明顯是端著一個架子，認為要來這家咖啡店光顧的客人得先做好功課再來。至於最關鍵的食物，既貴又不好吃。我也知道超級食物都是些不太好吃才沒人要吃的食材，像熟可可粒就是因為直接吃不好吃，才會加工做成巧克力。就像米糠再怎麼營養，會有人直接吃嗎？（呃，或許也有愛吃米糠的怪人）

說穿了，熟可可粒、綠蟲藻、奇亞籽也只是冠上標新立異的名稱而已，就像綠蟲藻，其實也只是一種綠藻。

推薦給想追逐流行的四十歲女性一個人來這裡坐坐（順帶一提，店裡都是這樣的客人）。

為了想驗證時尚女性雜誌的報導，特地來踩雷，果然被炸得屍骨無存。雖然店裡裝潢得非常有質感，但其實一直有果蠅飛來飛去。

塞入奶油麵包的嘴角忍不住浮現笑意。

他根本沒去過那家咖啡店，只是在外帶區假裝買東西，窺探店裡的模樣。自己的德性與時尚的空間格格不入，當他什麼也沒買，只是在店門口走來走去時，店員盯著他看的視線有如芒刺在背。

看在文章被這麼多人分享的分上，特地去一趟南青山也算是值得了。

綾心滿意足地關掉手機螢幕。

水塔旁邊有個擺放打掃工具的儲藏室，前面倒扣著菸灰缸，大樓的清潔人員或許會坐在這張長椅上抽菸。

綾不禁想起高中時代經常像這樣在屋頂上吃便當，當時也有人在屋頂抽菸。綾起初很怕遇到他們，但躲著抽菸的那群人其實根本沒把綾放在眼裡，他們只是不想上課，只要能抽菸，其他都不重要。

回想當時躲在屋頂角落吃便當，不想被任何人看見的自己，綾抿成一條線的嘴角愈發下垂。

儘管如此，高中時代還比小學或國中的時候好多了。

土氣、運動神經很差、反應遲鈍、和所有人都聊不來、偏偏只有成績還不錯，所以綾從小學三年級就一直被同一個小團體欺負，說他「個性陰沉又囂張」。像栃木縣那種鄉下小鎮，升上公立國中的同學幾乎都是熟面孔，每次開班會，明明以前沒說過幾句話的小學同學卻都一一舉手指責綾那天沒做好的地方，後來甚至演變成一種娛樂。

『弓月同學今天也不跟我打招呼。』

才怪。明明是就算他想打招呼，大家也都當作沒看見地自顧自走開。

『請你不要在課堂上發出窸窸窣窣的聲音。』

才怪。他只是在找筆記本，因為回到座位的時候才發現筆記本不見了。

班上比較有話語權的女生接二連三地舉手發言，根本不給他反駁的機會。

他永遠也忘不了他們當時的眼神。所有人的雙眼都閃閃發光。

其中也有低著頭，如坐針氈的同學，但人數少到不能再少。級任老師也只會露出傷腦筋的表情，從來不曾阻止過他們。國中時的男老師甚至和他們一起挑綾的毛病。

這就是人的本性。再也沒有比聚眾欺負別人更爽快的娛樂了。所以無論使出什麼手段都無法杜絕霸凌。

等到上高中，好不容易換了一批同學，綾想盡辦法抹去自己的存在感。既然霸凌不會絕跡，就只能抹殺自己的存在，才不會成為霸凌的目標。

為了不引人注意，不被班上的風雲人物盯上，綾讓自己變成一個幽靈，悄無聲息地度過每一天，下課時間躲在屋頂上或圖書館，放學就一溜煙地離開學校。

白天比較長的夏天特別討厭。他總是望著在明媚陽光下一望無際的碧綠稻田，不知該如何度過放學後的漫漫長日。

即便如此，當個幽靈也比被大家凌虐、變成大家打發時間的犧牲品好得多。

高中畢業後，綾離開老家，去埼玉念大學。

現在回想起來，高中、大學時代對綾來說是相對比較平靜的時光。

下一個令綾馬失前蹄的關卡是找工作。

綾茫然地拿著所有找工作的學生都要填寫的履歷表。專長、自我宣傳重點、過去做過些什麼、各舉三個自己的優點和缺點……

長久以來，綾為消除自己的存在感操碎了心，居然沒有一個問題答得上來。

然後是網路上的考試。透過電腦舉行的網路考試經常可以看到由兩個以上的朋友聯手作弊的狀況。綾找不到朋友幫忙，所以遲遲無法通過網路上的考試。

履歷表和網路考試都考得亂七八糟，好不容易爭取到面試機會，綾痛恨自己的束手無策。

他只能一個勁兒地低著頭坐在履歷表上琳琅滿目地填滿了出國留學、當義工、就業實習、社團活動……等傲人經歷的學生旁。

已經記不清經歷過多少次面試失敗、品嘗過多少次沉重的無力感。

尤其是他最想去的中型家電廠商的面試簡直糟透了。

聲音太小、姿勢太差、看著我的眼睛說話。

一走進房間，坐在中央的男性面試官不知怎地就接二連三地只挑綾的老病。再次陷入國小、國中在班會上被同學圍攻的惡夢，綾一句話也說不出來。臉色很難看的中年面試官以討人厭的眼神打量著滿頭大汗，臉頰幾乎要抽筋的綾。

身心俱疲，也曾想過要回栃木縣老家，但是在得知以前班上鎖定自己為攻擊目標的始作俑者繼承家業，留在故鄉後，綾無論如何都無法鼓起勇氣回老家。

徵才期間所剩無幾的暑期連假前，綾亡羊補牢地前往教務處，被告知大部分已經找到工作的學生其實都是在徵才期間前就已經拿到公司的內定[1]。

『你為什麼沒去實習呢？』

教務處老師語帶同情地看著他，綾無言以對。

綾只知道要與班上同學保持距離，卻不知道很多企業會優先採用去實習過的學生這種「就業的常識」[1]。

至此，綾總算明白其他學生為了夏天的實習，一升上三年級就開始找工作的原因了。自己卻不疑有他地聽信日本經濟團體聯合會[2]的公告，大四春天才開始找工作，根本是從一開始就輸在起跑線上了。

而且綾最想去的中型家電廠商也早在徵才期間前就已經發出內定通知。

換言之——

那場幾乎要毀人自尊的面試其實是做給經團連看的，他們早就已經選好自己要用的人了，面試只是要把表面工夫做足。

當然也有人是透過正常的應徵得到內定。

只是每次想起當時拿自己獻祭的面試官輕蔑的眼神，綾就感到萬分屈辱，甚至連骨髓深處都在顫抖。

憑什麼非得遭受這種不合理的對待。

難道他們認為只要是軟弱、微不足道、不敢回嘴的存在就可以恣意踐踏嗎？

那天晚上，綾把為了找工作上網買的那家家電廠商的產品統統扔進垃圾袋。雖然都是些小東西，也是他縮衣節食，從打工收入擠出錢來買的。但是比起可惜，他更不能

1. 日本的學生通常會在就學期間就開始找工作，若企業承諾畢業後予以雇用即為內定。
2. 簡稱經團連，是由企業組成的團體，在日本產業界具有舉足輕重的地位。

忍受再有任何機會讓自己想起面試官的嘴臉。深夜拖著垃圾袋去不可燃物放置場丟的時候，綾不甘心地流下眼淚。

就在那一刻，他忽然想起購物網站有個評價的欄位。綾回到住處，立刻打開筆記型電腦，連上購物網站。

接下來是一段渾然忘我的歷程。

不好用、設計差、成本效益比太低、不耐用……一旦開始動筆就停不下來了。但凡要吹毛求疵的話，可以挑的毛病要多少有多少。

就像以前班上同學對自己雞蛋裡挑骨頭那樣。

如同要討回過去所有的公道，綾鉅細靡遺地在評語欄寫下商品的缺點。

上遍所有評價網站，一直寫，一直寫，沒完沒了地寫……好不容易消氣時，天都亮了。他已經很久沒有這麼渾然忘我地做一件事。

當時感受到的激情，現在也還纏繞在自己的內心深處。

靠在寒空下的長椅上，綾又打開手機，徜徉在網際網路的世界裡。

大量的留言、大量的評價，就像散落在銀河的滿天繁星。

有時候，這些散落的星子還會構成星座的形狀。

暑期連假結束後，綾不得不承認自己找工作失敗時，久違地打開購物網站，卻發現一個意外的事實。

評語欄的頂端是自己寫的負評，底下「很值得參考」的星星數之多，就連綾自己也看得瞠目結舌。

『這是只有真正使用過的人才寫得出來的重點。』
『詳細地說明了我個人對這項商品感到懷疑的部分，感謝你，我可以不用買了，再找找其他家的商品。』
『全都是對使用者很有幫助的資訊。』
逛了一下其他網站，結果大同小異，綾的評語底下總是有很多「很值得參考」或「寫得好」的星星。
這對於從未被別人正眼瞧過，就算被正眼瞧了，也只是為了攻擊他的綾來說，恐怕是第一次受到肯定的矚目。
那一刻，綾感受到前所未有的快感。
他從不知道別人的認同或矚目原來這麼甜美。
從此以後，綾開始利用各式各樣的帳號，在各式各樣的入口網站寫下評語。比起不痛不癢的讚美，使用者對生動的毒舌批評更有反應，如果對象是樹大招風的人事物就更不用說了。
一個人不敢走進去的咖啡店或餐廳、知名偶像演出充滿話題性的電影、年輕貌美的女作家寫的暢銷小說。
只要有一絲半點遭人嫉妒的要素，罵得愈狠，大家的反應就愈大。
但是無憑無據的批評並沒有太大的殺傷力。
就算心懷嫉恨，一般人還是會把某種程度的場面話掛在嘴邊，但是只要被罵的條件齊全，網民們轉眼間就會群起而攻之。

因此不管再怎麼麻煩，綾都會親自走一趟，親眼看一遍，找出真實的缺點。因為自己一直以來都是惡意的箭靶，要掏出惡意對他來說輕而易舉，即使是扭曲的惡意又怎樣。有那麼多人在等他發表。

罵得愈狠，「讚」或「很值得參考」的星星愈多。

已經體會過那種受到矚目的快感，簡直跟吸毒沒兩樣。

再加上——

綾沒多久就建置了匿名網站「我討厭你」。

但凡「我討厭你」提到的東西，無論是哪一類的東西，都被他貶得一文不值。

摒除所有的聯盟行銷及留言板，只用來「批評」的部落格，轉眼間就悄悄地吸引了網民的注意力。

有話題性的部落格為了有朝一日可以出書，通常寫到一半就開始不敢得罪人，或是向出版社獻媚，但他的部落格完全不會給人這方面的感覺，從頭到尾都不肯透露真實身分及聯絡方式也讓人覺得這個部落客十分淡泊名利。

綾鎖定好目標後，會先搜尋相關的社群網站，也沒忘了蒐集有利於挑毛病的材料。因為人類要挑的是更具有可信度的毛病。

一旦戳到能讓所有人都信服的點，「讚」就會蜂擁而上，不知道從什麼時候開始，有一部分的網民甚至稱綾為「神秘的毒舌部落客」。

這讓綾覺得有趣得不得了。

社群網站及留言板的名字都是假的，揭開表面的糖衣，藏在每個人心底的惡意有如狂風暴雨，這才是所謂的人性。

在惡意鋪天蓋地而來的網路世界中，即使是現實生活中有如幽靈般的自己也可以是女王。

以電腦及智慧型手機為媒介的傳言及資訊匯流成海，綾終於在這片海洋得到強大的武器，封印起弱小蒼白、永遠被當成出氣筒的自己。

從此以後，綾每天都玩電腦或手機到三更半夜，有時候甚至懷疑自己是不是中毒了，但事到如今也已經戒不掉了。

但也正因為如此，綾才能不再畏懼奧客說的話。

嗯，對啊。

很好笑吧。心情很爽吧。欲罷不能吧。

彷彿在話筒那頭對著素未謀面的接線生破口大罵的奧客身上，看到以前班上雙眼放光挑他毛病的女生，和徹夜未眠在網路上閒晃的自己。

可是每次想到這裡，胃裡就會不經意地翻湧出不舒服的感覺。

視線從已經沒東西看的手機畫面移開，綾把手放在心窩上，剛才硬吞下去的麵包人工甜味彷彿要從喉嚨深處倒流回來。

嚥下保特瓶裝茶，綾險些噎著。

全身無力，頭好重，胃好不舒服，還耳鳴。

回過神來，各種已經慢性化的毛病一湧而上。已經好幾年沒好好地睡過覺了，就連本身也有自覺，自己現在很不健康，如果能照照鏡子，或許連眼睛也充血了。工作時要一直盯著電腦，至少中午休息時間應該閉上眼睛休息。

這些他都知道，但知道歸知道……

即使理智一直提醒自己，綾依舊不思改變地滑著手機。

時序已進入四月，卻始終沒有要回暖的趨勢。

害得好不容易綻放的櫻花接連淋了好幾天冷雨。打工處最有向心力的小團體原本計畫週末要去公司附近的公園賞花，拜這場雨所賜，聽說後來取消了。

本來就沒有人約綾一起去，所以取不取消對他毫無影響。

綾沒事做只好一直看電視，突然覺得肚子餓，視線離開電視播放的綜藝節目，沒想到已經過了晚上十點。綾把手撐在矮桌上，撐起沉重的身體，拖著腳步走向狹小的廚房。

原本還打算今天一定要好好吃頓飯。

原本還打算今晚一定要早點睡。

想是這麼想，但每天都過得很懶散。

結果今天也提不起興致來煮飯，綾決定燒開水。結果只有買回來大量囤積的泡麵不斷減少，一時心血來潮買的油菜和紅蘿蔔早就放到乾癟枯萎了。

綾拿起隨手亂扔的托特包，裡頭應該還有中午吃剩的麵包。拿出浮著油光的起司丹麥麵包時，綾突然覺得心情好沉重。

包括他們這些打工仔在內，客服中心今天召集所有人開會，說明受到母公司業績不振的影響，客服中心也必須進行組織改革，目前還沒有進一步的公告，但恐怕會進行人員的縮編。

要是縮編，最先被裁掉的肯定是打工的接線生。

綾心裡蒙上一層烏雲。

好不容易找到適合自己的工作，沒想到又得求職，胸口不禁被憂鬱堵得慌。

他實在不想再經歷一次面試官半開玩笑的質問攻擊。

綾下意識想起鄰座的主婦。

還以為看似不知人間疾苦的主婦很快就會知難而退，沒想到居然撐了下來。雖然還是老樣子，到了中午休息時間或下班時間也掛不掉電話，獨自對著麥克風拚命解釋，但這幾天他的反應開始出現些許變化。

尤其是今天。

下班時間一到，綾準時將電話切到自動語音，一旁的主婦還戴著耳機，對著麥克風說話。綾被他不知變通的死腦筋給打敗了，瞄了他一眼，卻反而瞪大眼鏡後面的雙眼。

『是的，別擔心。是，是……這不是您的問題，請放心……』

主婦反覆強調的語氣十分平靜。

『別這麼說……我很高興能幫上您的忙。』

不知怎地，聽到他接下來這句話的瞬間，綾悚然一驚，視線避開浮現在主婦嘴角的柔和微笑，逃命似地離開辦公室。

就連現在，當綾回想主婦沉穩的聲線，都會感到莫名其妙的焦躁。

每次想要細究當時那股不知道該怎麼形容的不爽到底是什麼，內心深處就會再度掀起陣陣漣漪。

尖銳的汽笛聲響遍狹小的廚房，綾嚇得跳起來。

水燒開了。

綾關掉瓦斯，吐出一口大氣，將熱水注入泡麵碗中，人工調味包的香味刺激著胃部。或許有人會端著架子說：「泡麵偶爾吃一次很好吃。」但其實就算天天吃，也吃不膩這種刺激性的香味，反而會愈吃愈上癮。

綾拿著蓋好的泡麵和起司丹麥麵包回到矮桌前，電視裡的綜藝節目已經播畢，開始播起新聞。

恐怖攻擊、飛彈試射、殺人、詐騙……全都是令人沮喪的新聞。然而，無論是再怎麼悲慘、再怎麼危機四伏的狀況，倘若每晚都聽到同樣的新聞，還是會漸漸麻痺。

綾一隻手轉台，一隻手指按住泡麵的蓋子。

若注入滾燙的熱水，請小心熱水濺出。

掀開蓋子的時候，小心不要被熱水燙傷。

小心手指，請不要被邊緣割傷。

調味料可能無法完全溶解於湯裡，但商品本身沒有問題……

直徑二十公分左右的蓋子上以細小的文字密密麻麻地寫滿了注意事項，要是不寫得這麼細，大概會一直有人來找碴挑毛病。話說回來，注意事項寫得再詳細，也無法完全避免有人藉題發揮。

綾默默地注視著印在注意事項下方的客服中心免付費電話。

意識到每一台似乎都約好似地同時開始播報體育新聞時，綾停下轉台的手，掀開泡麵的蓋子，放在矮桌上，慢條斯理地打開筆記型電腦。

左手掰開免洗筷，點擊碰觸式螢幕的畫面，書籤裡的網頁隨即出現在眼前，是最近被綾「鎖定」的漫畫家社群網站。

藤森裕紀。

去年剛出道，正以「畫功、故事都是久違的本格派」逐漸嶄露頭角的新人。

很多藝人或漫畫家都會用社群網站向粉絲及讀者提供第一手消息，裕紀也在出道的同時就開始認真地經營推特和臉書。

仔細檢查裕紀的社群網站如今已成綾每天必做的功課。每晚滴水不漏地追蹤推特及留言，判斷哪些是「可以用」的素材，再用螢幕截圖保存下來，就算本人日後刪文，「證據」也會留在綾的電腦或手機。

至於將成為什麼「證據」，就看他打算怎麼「使用」了。

綾冷冷一笑，打開存滿了裕紀螢幕截圖的檔案夾。或許是玩社群網站的經驗尚淺，裕紀的推特意外地毫無防備。

『我即將在我家附近的書店開簽名會。這是我第一本漫畫，我會用心簽名，請住在附近的人務必賞光！』

一個月前，看到這則附上書店連結的推特時，綾才知道裕紀住的地方離自己不遠。

綾邊吃泡麵，邊望向矮桌旁的組合櫃，櫃子裡雜亂無章地塞滿了衣服、雜誌和吃到一半的零食，最上面則是藤森裕紀去年在少年漫畫雜誌上連載的漫畫單行本第一集。

順手拿起來，心不在焉地翻頁。

隨著數位製作軟體問世，最近有愈來愈多漫畫家沒先當過漫畫家的助手，就直接在網路上發表作品，進而成為職業漫畫家，但聽說裕紀是向資深漫畫家拜師學藝過三年的正統派。原來如此，難怪融合了類比與數位的畫風特別有魄力，與充斥在網路上，走流行動畫風的作畫風格有一點不同。

裕紀的處女作是描寫為了與優秀的皇兄作對，出門展開冒險之旅的皇弟被意外捲入巨大陰謀與戰爭的正統派奇幻故事，每個角色都很真實，非常有魅力。

綾翻到的那一頁是個搖著孔雀羽毛扇，身穿華麗禮服的中年美男子——名叫火刺木的魔法師。真實身分不明，雖然為皇弟指點迷津，但現階段還不知他是敵是友。

讀者特別喜歡這個熱愛男扮女裝的神秘人物。

不知不覺就看得入神，綾猛然回過神來，回頭吃泡麵，吸飽湯汁的麵條已經徹底泡爛，綾咀嚼著口感軟爛的麵條，翻到蝴蝶頁。

田中明子小姐：今天非常感謝你來，希望你喜歡這本書。藤森裕紀

字絕對稱不上漂亮，但顯然是習慣寫字的筆跡。

那是他有生以來第一次參加漫畫家的簽名會。

『請問你叫什麼名字？』

當裕紀不疑有他地笑著問他時，綾情急之下講出一個根本不存在的假名。

你叫什麼名字？

為了揮去裕紀燦若星辰的眼神，綾用力地闔上漫畫。

什麼意思嘛——

內心深處湧起燃燒廢料般的濃濃黑煙。

明明只是應付讀者的假笑，明明根本沒把對方放在眼裡。

一想到這裡，眼前突然浮現鄰座主婦接電話時柔和的笑容。

偽善。

綾總算明白這股翻騰的情緒是什麼了。

沒錯，就是偽善。

一直在內心深處悶燒，不知該如何形容的不舒坦就是這個意思。

吃完剩下的泡麵，綾把漫畫放回原位，轉身面向筆記型電腦，點擊進入休眠模式的畫面，連上某大型購物網站。

藤森裕紀作品的使用者評價首頁全都是一顆星的負評，全都是綾利用匿名的帳號或電子信箱投稿的負評。

老掉牙，了無新意，如果這也叫正統派，不如看過去的傑作。

意料之中的發展，沒有任何驚喜。

又是火刺木，又是百子蓮的，角色名字好難記，無法融入劇情。

完全搞不懂評價為何會這麼好……

其中也有幾條評語得到「很值得參考」的星星，讓綾暗自竊喜。

想當然耳，從裕紀的作品還在連載，「我討厭你」就對他開了很多槍。

因為——

這才是地球正確的運轉方式。說穿了，這世界是由惡意與敵意構成。

只要這些人站在自己這邊，綾在網路上就是無敵的。

綾陶醉在輕飄飄的上帝感裡，再次打開儲存藤森裕紀螢幕截圖的檔案夾。

有篇以「改變命運的咖啡店」為題的訪談映入眼簾。

雖然沒有寫出確切地址，但是他家附近有家咖啡店令他下定決心要成為職業漫畫家。裕紀說那家咖啡店不定期公休，端看隨心所欲的老闆要不要開門，一旦自己需要靈感就會去那裡坐坐。

『在靜謐的空間裡放鬆心情，享用美味的食物後，就能湧出面對明天的活力。但願我的作品也能帶給大家這種力量。』

訪談以裕紀這句話結束。睨著已經看過好幾遍的訪談，綾不屑地牽動嘴角。

憑咖啡店的食物就能改變命運？

「有沒有搞錯？笑死人了……」

綾喃喃自語，重新點開裕紀的推特。

「哦。」

他剛好發了一則新的推特，綾忍不住喊出聲音來。

『終於畫好分鏡圖了，所以又來這家咖啡店休息一下。今晚是櫻花糙米麥飯。』

附上笑臉貼圖的推特還有一張照片。

綾手裡拿著油膩膩的起司丹麥麵包，無意識地死盯著那張照片看。托盤上有一堆漂亮的小碟子，碟子裡是各種不同的小菜。

油豆腐炒高麗菜和杏鮑菇、大頭菜和豌豆莢的味噌湯、煎山藥、看起來像是炸雞的炸物，畫面角落的碗裡裝的大概是他說的櫻花飯。

鬆鬆軟軟的淺咖啡色飯裡隱約可見粉紅色的花。

綾已經好幾年沒吃過種類這麼多，費時又費工的料理了。

綾嚥了一口口水。

連忙找回自我，眼前是裝泡麵的塑膠容器和吃到一半的丹麥麵包。看完那種美食照片後，實在提不起勁再把那些東西送入口中，綾把丹麥麵包擱在矮桌上。

思考了好一會兒之後，綾解除平板電腦模式，開始敲打鍵盤。

『這就是你引以為傲的心靈綠洲咖啡店嗎？乍看之下是很美味的樣子，但是仔細看看，全都是沒味道的東西。勸你還是吃好一點，或許能畫出更像樣的作品來喔。』

綾打到這裡，向裕紀的推特按下了回覆鍵。

裕紀是在五分鐘前發的推特，說不定還在線上用手機檢查時間軸，這是讓裕紀直接看到自己回覆的好機會，綾的心跳加速。

『話說回來，改變命運的咖啡店，你也太天真了吧。或許就是因為你的人生觀只有這種程度，才會創作出那麼膚淺的作品，符合大眾口味這點倒是壓對寶了。從今往後也請繼續加油。』

綾又接著回覆了一段。檢查時間軸，自己的回覆已經出現在裕紀的推特上。

旋即繼續檢查曝光次數，雖然才個位數，這也表示綾回覆給裕紀的推特已經出現在幾個人的時間軸上。不確定裕紀本人看到了沒，但綾不免感到有些興奮。

裕紀或許會給出什麼反應。

再度回到裕紀的推特首頁，綾屏息以待地等他發推，但遲遲等不到新文章。

綾開始沉不住氣。

裕紀到底有沒有看到自己的回覆。

耐心終於用盡，綾換了一個匿名帳號，假裝成別人回覆。

『老師，有人狗嘴裡吐不出象牙，你不要理他喔。我支持你！』

要是他對這個回覆有所反應，就能猜到他對早先綾回覆的那兩段話的反應。

然而，裕紀對這則回覆也毫無反應，或許他已經下線了。

綾心有未甘地凝視著裕紀的推特。

在那之後，綾看了娛樂新聞的八卦報導，檢查「我討厭你」的分享數以消磨時間，過程中一直留意裕紀的推特。

可是，任憑他望穿秋水，裕紀的推特始終沒有新的反應，但也沒有封鎖自己，難道他真的沒看到綾的回覆。

就連在理應能保持上帝視角的網路世界也感到無力，綾突然覺得好空虛。

我到底在做什麼——

看了一眼電子鐘，綾為之錯愕，不知不覺已經快深夜兩點了。

每次對著電腦，時間總是飛快地流逝。

但他卻無法關閉視窗。

因為綾已經無法回頭了。

還得洗臉刷牙，準備明天上班要用的東西，再不睡覺不行了。

腦子裡是這麼想的，但眼睛、手指就是無法從網路和滑鼠上移開。

習慣性地在充滿惡意與敵意的匿名留言板徘徊，一面感到厭煩，內心深處卻又因此得到扭曲的安全感。

不是只有我一直醒著。

不是只有我一直擺爛。

時不時檢查一下裕紀的推特，在那之後沒有任何動靜，附上美食照片的推特已經是三個小時前發的了。

該睡了……

再不睡覺，天都要亮了。

可是工作又不需要體力，反而是讓腦袋放空還有助於工作進行。話又說回來，天曉得這份工作還能做多久。

結果綾這天也盯著電腦直到天亮。

隔週，綾打工的客服中心終於公布了組織改革的細節。

今後將全面砍掉只是把電話轉接給負責人的接線生，所有人都必須學會說明產品，因此包括打工人員在內，所有接線生都必須接受培訓。

綾正在狹小的會議室裡接受人事負責人的面試。

「弓月小姐打工的年資今年已經是第五年了……」

當初雇用綾的人事負責人好像已經調單位，坐在面前翻資料的是他不曾見過的男員工。

「你打工的資歷這麼久，為何過去從未參加過督導的考試或產品說明的培訓，努力往上爬呢？」

對方投來不以為然的目光，綾保持沉默。

所以他才討厭面試。

以前做過什麼，未來想做什麼。

面試官總是肆無忌憚地追問這種就連他自己也還想不明白的問題。

「就算只是打工，如果不更有進取心一點，往後可能也很難繼續在我們這裡待下去喔……」

見綾沉默不語，人事負責人自顧自地說下去，同時在文件上寫了些什麼。

「好，你可以走了。改天會再通知你面試的結果，請在家等候通知。」

人事負責人說得極為簡單扼要，有點出乎綾的意料，還以為對方會針對培訓的事、要負責什麼產品提出具體的說明。

綾走出會議室，來到走廊上時，剛好也有人從隔壁的會議室出來。

「啊，弓月小姐。」

被對方叫住，綾愣了一下。鄰座的主婦正雙頰潮紅地看著自己。

「不管年紀多大，面試還是會緊張呢。」

主婦笑得天真無邪，綾更驚訝了。萬萬沒想到對方會記得他的名字，綾自然也沒想過要知道他叫什麼。

「不過接下來可就辛苦了，得把這麼厚的工作手冊全部背起來才行。」

聽到這句話，綾這才發現主婦捧著一本厚厚的工作手冊。

「因為我以前從沒說明過產品……」

主婦不安的嘀咕迴盪在耳邊，綾感覺從頭頂涼到腳底。

原來如此──

外包的客服中心大概沒有那麼多經費讓所有打工人員都接受培訓，所以只有今後也要繼續雇用的人才會拿到工作手冊。

也就是說，綾又被剛才的面試刷掉了。

「弓月小姐。」

對綾的沉默不以為忤，主婦以真摯的眼神看著他。

「我能坐在你旁邊真是太好了。」

哈──？

綾全身緊繃，不知道他在說什麼。

這個女人到底在想什麼？憑什麼隨便喊別人的名字，表現得那麼親熱？

回望依舊一臉純真的主婦，有什麼東西開始在綾心中蠢蠢欲動。

主婦沒發現綾藏在眼鏡後面的眼神變得愈來愈銳利。

「這是我第一次從事接線生的工作，所以總是不得要領……」

主婦沉吟了半晌，臉上浮現出羞澀的笑容。

「多虧弓月小姐總是冷靜沉著地坐在我旁邊，我才沒那麼手足無措。」

那一瞬間，綾的胸口一緊，感覺對方突然把手伸進就連自己也還一無所知的部分，而且還胡掏亂抓一氣。

「……你這是什麼意思……」

綾從聲帶擠出聲音來。

明明在網路上那麼具有攻擊性，一旦面對活生生的人，就連承受對方視線的勇氣也沒有。

即使深刻地感受到自己的渺小，綾也管不住自己的嘴巴。

「你到底想諷刺誰……我並沒有拿到工作手冊。也就是說，我被解雇定了。」

綾氣若遊絲地說道，抬起頭來，不由得大吃一驚。

主婦懷裡抱著工作手冊，臉色蒼白到令人同情的地步，沉默流淌在沒有其他人經過的走廊上。

「對不起……」

好半晌，主婦哆嗦著嘴唇開口。

「真的很對不起。我不是這個意思……我不知道……」

主婦深深地低下頭去，綾瞥了他一眼，轉身就走。

他當然知道主婦沒有惡意。

也知道這是再自然不過的結果。

因為包括主婦在內，綾對這裡的一切漠不關心。

不管是電話那頭的顧客，還是產品，統統不關他的事。

所以……所以這裡才不需要自己。

丟下還呆站在原地不動的主婦，綾快步走向置物櫃。

今天的班表只有面試。他想快點離開這裡，有多快走多快。

結束面試的人正在擺放置物櫃的房間裡七嘴八舌地聊天，看到手裡沒有工作手冊的綾，全都不約而同地閉上嘴巴。綾迅速地整理好自己的東西往外衝。

走出公司，驚訝於傍晚的天空還好亮，明明直到最近過了五點半周圍就變得一片漆黑。

雖然天氣還是冷，但四月也已經過了一個禮拜，太陽下山的時間確實往後延。綾突然想起高中時放學後沒事做，不知如何是好的前塵往事。

為了趕走湧上心頭的惆悵，綾加快腳步，走向車站。

沒有任何事可以傷到自己。

雖然被解雇，但是他對接線生的工作並沒有留戀，反而慶幸不用背那麼厚的工作手冊，他才不想對胡攪蠻纏的奧客說明產品。

只是想到又得重新找工作，綾頓時覺得好憂鬱。

打工人員沒有離職金，也無法請領失業補助，暫時得過上一段比以前更勒緊褲腰帶的生活了。

心煩意亂地走進車站，在人比平常少的月台上等車。或許是因為離下班時間還早，電車上意外空曠。

綾坐在四人座的角落，有氣無力地從托特包裡拿出手機。

拿起手機，感覺心情平復了幾分。

不同於一籌莫展的高中時代，現在的自己有避風港，網路的汪洋中有個願意迎接自己，包容自己，甚至為自己按「讚」的容身處。

可是一連上網路，出現在液晶螢幕裡的畫面卻讓綾的眉頭一下子皺得死緊。

大型購物網站上，藤森裕紀作品的使用者評價換了順序。

跑到最前面的不再是自己只給一顆星的負評，而是對作品充滿讚賞的五顆星好評。綾心急如焚地確認，「很值得參考」的數量不知道什麼時候被追過了。

看了一下使用者眼中認為比自己更具參考價值的評語，綾一口氣哽在喉頭。因為那篇文章裡提到綾匿名投稿的評語。

給一顆星負評的人，大概就是在其他網站也同樣給負評的人，雖然換了名字，但是從寫法上來看，恐怕是同一個人。文章雖然寫得有條有理，但是在我看來，分明是欲加之罪，何患無辭。我不欣賞這種利用匿名的方式對創作者死纏爛打的誹謗中傷。

寫這篇評論的人是君臨該網站評論排行榜前幾名的知名評論家，自己得到的「很值得參考」跟他比起來根本是小巫見大巫。

綾覺得口乾舌燥。

順勢關掉視窗，點開藤森裕紀的推特。

前幾天，他對裕紀的推特做出充滿敵意的回覆，在那之後，裕紀的推特再無半點動靜。

發現他發了新的推特，綾集中精神閱讀。

『責編通過我的分鏡了。很好！接下來要努力畫出好作品！』

還有一則附上照片的推特。

『昨晚是豌豆飯和春季蔬菜的檸檬濃湯。』

看來又是「命運咖啡店」的菜單。鮮豔的菜飯裡綴滿黃綠色的豌豆，濃湯裡則有燉得軟爛的高麗菜和洋蔥、馬鈴薯。

彷彿從來沒有收到綾的回覆，裕紀逕自過著自己的日子。

綾心中充滿負面的情緒。

什麼意思嘛——

懷裡抱著工作手冊，雙頰潮紅的主婦身影頓時從裕紀的推特上飄過。

什麼意思嘛！

為什麼世界上有那麼多快樂的臉龐？

全都是假的，都是騙人的。

起初明明跟我一樣不幸，可憐兮兮地拚命道歉。

憤怒的同時，悔恨也跟著湧上心頭，綾咬緊牙關。

到站的廣播喚回他的神智，但綾並未起身。裕紀就住在這條私鐵沿線。簽書會的時候，綾去過他家附近的書店。

列車抵達自己家那一站，綾的屁股依舊黏在椅子上，車門發出噗咻一聲關上時，綾也暗自下了決心。

這個車站從南口和北口出去，街道呈現截然不同的景致。

經過開發的南口林立著簇新的購物中心與高塔式住宅大樓，位於車站另一邊的北口則是傳統的個人商店與低矮公寓鱗次櫛比的老社區。

下車後，綾毫不遲疑地從北口出去。他還記得一個月前用來開簽名會的書店位於破敗的商店街中間，是所謂「小鎮上的書店」。

明明場地非常小，卻來了許多粉絲，令綾大吃一驚。排隊等簽名的人龍從店裡排到馬路上，印象中有個女孩為排隊的客人準備圓板凳，還提供溫熱的茶水和蒸麵包之類的點心。

年紀比綾稍微大些——大概跟裕紀同一個世代的女孩長得清純又可愛。現在想想，那女孩說不定是裕紀的女朋友。

內心深處淤積著黝黑的汙泥。

裕紀在設置於收銀機旁的臨時簽名會場詢問每一位粉絲的名字，仔細地留下附上一句話的簽名。

『請問你叫什麼名字？』

好不容易輪到自己站在裕紀面前，綾卻感受到就連自己也為之驚訝的憤怒，就連裕紀對他露出的笑容和眼神都覺得可恨。

經過門口擺滿紙箱、紙箱塞滿蔬菜的超級市場，再經過大型補習班，從噪音震天價響的小鋼珠店前走過，終於看到那家書店。

店門口還貼著裕紀一個月前出版的漫畫宣傳海報，海報旁邊則貼著老闆自己寫的「本地漫畫家處女作」的紙。

沒錯，裕紀就住在這裡。

向晚的天空下，綾從托特包裡拿出手機，手機裡同步儲存了筆記型電腦裡的螢幕截圖。叫出裕紀接受採訪的報導，往周圍看一圈，仔細尋找有沒有足以當成地標的東西。倘若裕紀就住在這裡，那他引以為傲的「命運咖啡店」應該就在這一帶。

慢慢捲動液晶螢幕裡的訪談內容。

網路上也找不到資訊的私房咖啡店……在商店街外圍……

位於僅容一個人勉強通過的羊腸小徑深處……

綾一面左顧右盼，一面走向商店街外圍。

林立著老舊透天厝及木造公寓的街廓一隅有條羊腸小徑，任何人也想不到那裡頭居然有家店。

可是。

就跟訪談的描述一模一樣。

巷弄盡頭那家宛如古民家的店有個在東京都內相當罕見的中庭，而且中庭裡還種了一棵大花山茱萸……

本人大概沒想這麼多，但裕紀說的每句話和他上傳到推特的照片毫不設防地透露出許多訊息。

嘴角浮現出扭曲的笑容。

藤森裕紀，你太嫩了。

茫茫網海看不到彼此的臉，所以也潛藏著許多不懷好意，會把你說過的每句話截圖、保存下來的人——

實不相瞞，我就是其中之一。

綾踏進擺滿了塑膠桶及空調室外機的羊腸小徑，走在沒鋪柏油的石子路上，虎視眈眈地朝四周窺探。

綾打算在大型美食網站上公布裕紀引以為傲，經常出現在他推特上的「命運咖啡店」所在地。凡是以口耳相傳為主的美食網站，使用者也可以主動上傳店家的資訊。

不過這次並不是為了批評。

綾這次打算反其道而行，不遺餘力地讚美那家店。

「知名度急速攀升的新人漫畫家藤森裕紀也是常客」，再附上裕紀上傳到推特的美味餐點照片，極盡吹捧煽動之能事。

根據採訪，那家噁心巴啦的咖啡店只歡迎熟客，所有的資訊皆不對外公開。網路上多的是吃飽沒事做的起鬨專家，一旦發現有這種裝腔作勢、類似交誼廳的場所，還怕不鬧得沸沸揚揚。

想像大批粉絲包圍裕紀視為心靈綠洲的神聖場所，裕紀一臉不知所措的樣子，綾簡直要樂壞了。要是知道訊息是從裕紀的推特走漏出去，那家店或許還會怪罪裕紀，要是這樣就更過癮了。

羊腸小徑意外地深，一手拿著手機愈往裡面走，原本殺風景的石子路看起來居然呈現柔和的色彩，老舊的低矮公寓前有一排盆栽，盆栽裡楚楚可憐地綻放著粉紅色及黃色的小花。

綾對花不熟，不清楚那是什麼花，但看得出來那些花為如此雜亂無章的地方增添了明媚的光彩。

盯著小花發了好一會兒呆之後，綾抬起頭來，笑逐顏開。

羊腸小徑的盡頭隱約可以看到一個白白的東西。

比櫻花更大、更白的花瓣有如一起展翅翱翔的鳥兒，在深咖啡色的枝頭爭相綻放。

大花山茱萸。

聯想到這個字眼時，綾在內心暗自叫好。

一個箭步地湊上前去，的確有一棟坐擁中庭的古民家。

可是左看右看都不像餐飲店。

盛放的大花山茱萸樹下，琳琅滿目地陳列著華麗的禮服。

有著細緻刺繡、美不勝收的旗袍；七彩斑斕的羊毛圍巾；釘滿了亮片、閃閃發光的長裙。

還有鞋跟將近二十公分，有如高蹺的高跟鞋。

到底是誰，又會在哪種場合穿這種衣服啊？

綾一頭霧水地盯著看，發現大花山茱萸的枝頭上掛著一塊招牌。

『舞蹈用品專賣店　夏露』

那一瞬間，綾傻住了。

舞蹈用品專賣店？

也就是說，這裡不是咖啡店嗎？

綾連忙打開手機。明明條件都吻合，但這裡卻不是他要找的目的地嗎？

不知不覺間，太陽已經下山了，四周開始籠罩在暮色裡，綾緊握手機，不知如何是好。

就在這個時候，門口的竹鈴發出叮鈴哐啷的聲響，有個女人從屋裡走出來。綾瞇起眼鏡底下的雙眼。

那個苗條又可愛的女生是在裕紀的簽書會上倒茶、分點心給排隊粉絲的人。

棕色的髮絲在肩膀上搖曳生姿，驀地揚起視線。

「歡迎光臨。」

女子溫和地對傻站著不動的綾說。

「就快打烊了，但你還是可以看一下。」

這裡大概是女人開的店，不過那些華麗到不行的禮服跟眼前這名女子清純的氣質未免也差太多了。

「請、請問……」

綾避開對方的視線，唯唯諾諾地問道：
「這附近是不是有家咖、咖啡店？」
「哦，你是Makan Malam的客人嗎？」
Makan Malam……？
沒聽過的單字令綾不住眨眼。
「不知道的話會嚇一跳吧。」
女子臉上浮現出友善的笑容。
原來這家店白天是舞蹈用品專賣店，晚上才是咖啡店「Makan Malam」。
「Makan是印尼文的食物，Malam是晚上的意思，加起來就是消夜的意思。」
女子還向他解釋了充滿異國風味的店名是什麼意思。
「我其實也是Makan Malam的常客之一。」
女子那天只是剛好來幫忙看店，真正的員工待會兒就來了。
「我一開始也很驚訝，這裡賣的禮服都是給跳舞或表演用的，所以很誇張吧。但是晚上的咖啡店非常安靜，而且餐點真的很好吃。」
女子爽朗地笑著說他平常是派遣的上班族。
「晚上的咖啡店很晚才開，你要不要晚點再來。」
女子親切地告訴他，綾一言不發地偷看對方。
這個人的戒心也很低，對素未謀面的自己毫不設防，簡直是知無不言、言無不盡。
這個純真又可愛的人說他是派遣的上班族，想必在公司也受到大家的愛護，肯定從來沒有遭遇過無中生有的惡意。

而且……這個人說不定是藤森裕紀的女朋友。

「……謝謝。」

綾低著頭，含糊不清地說。

「不客氣，希望能幫到你。」

這個女人說的話與打工那邊的主婦聲音重疊，狠狠地輾壓過綾的心。

女子絲毫沒有留意到他的異狀，開始準備打烊。綾背對他，作勢離開，其實是躲在擺滿小花盆栽的老舊木造公寓後面。

女子動作俐落地把禮服和高跟鞋收進古民家裡，拿下掛在大花山茱萸枝頭上的招牌，再簡單地打掃一下中庭，走進古民家。

過了好一會兒，門口的竹鈴又發出叮鈴哐啷的聲響，已經收拾好東西的女子肩上掛著背包走出來。

綾屏氣凝神地躲在公寓後面，女子從公寓前走過，三步併成兩步地順著羊腸小徑離去。女子經過的瞬間，甜甜的花香味淡淡地彌漫在天色已經完全暗下來的四周。

等到女子殘留的香水味消失，完全聽不見平底鞋的腳步聲後，綾緩緩地移動身體。

小心翼翼地四下張望，確定沒有其他人。

揚起視線，薄暮中，大花山茱萸在古民家的中庭裡綻放滿樹的繁花似錦。

這裡就是他要找的咖啡店沒錯。

原本的員工不在反而好，這樣才能盡情拍照。綾將手裡的手機對準古民家。

只要知道地點就行了，根本不需要待到營業時間。
比起帶有真實感的貶低，讚美的評論要來得好寫多了，根本不用真的去咖啡店用餐。
隔著大花山茱萸的花朵決定好角度，綾按下智慧型手機的相機快門，卡嚓卡嚓的快門聲在暮色中響起，閃光燈亮成一片。
為了讓老舊的民宅盡可能看起來更體面一點。
至少要能引起追星族的興趣。
隨著不停變換手機的角度，綾心裡只剩下按快門這件事。
「你是誰！」
背後傳來雷霆獅吼的同時，綾一如字面上的意思跳了起來。
回頭看後，整個人縮成一團。理平頭的年輕男人露出兇神惡煞的可怕表情，在路燈下瞪著他。
「誰准你拍我們店裡的照片！」
又被音量全開地大喝一聲，綾無言以對。
我們店裡？
所以說，這個長相猙獰的男人就是這家服飾店兼消夜咖啡店的老闆嗎？
綾還反應不過來，手機已經被男人搶走，綾發出近似悲鳴的尖叫聲。
「住、住手！」
「少囉嗦，是你先偷拍的。」
男人高高地舉起手機。

沒上鎖的手機落入對方手中，綾陷入驚慌失措的狀態。

「還給我，還給我，還給我！」

「你有點不太對勁耶。」

男人高舉手機，不以為然地挑眉。

「說，你在這裡做什麼？」

我只是在拍照——

綾想解釋，卻發不出聲音，脹紅著臉，拚命想搶回手機。

「我問你為什麼要拍我們家的照片？」

「因……因為很漂亮……」

好不容易擠出一個回答，男人的眼神卻愈發兇狠。

「什麼？少騙人了！這種破破爛爛的老房子到底哪裡漂亮了，而且你拍了好幾張，給我從實招來，你是新來的房仲業者吧？」

「不……不是。」

「我們過去被惡劣的房仲盯上過好幾次，你以為騙得了我嗎？」

「真、真的不是。」

「那你是什麼人？」

這麼簡單的問題，綾卻答不上來。

「看吧，答不出來了吧。」

「……」

綾的聲音哽住了。

身為幽靈的自己在現實世界裡是沒有名字的。

「什麼？聽不清楚你在說什麼，愈來愈可疑了。如果你老實報上名來，手機就還你。快給我報上名來，你叫什麼名字。」

手機變成人質，綾幾乎失去理智。

「還給我啦！」

綾終於發出撕心裂肺的尖叫聲，老舊木造公寓二樓的窗戶應聲開啟，當路燈照亮從窗口探出身子的人物時，綾倒抽了一口涼氣。

「嘉妲，發生什麼事了？」

頭髮蓬亂，穿著運動服的男人——正是藤森裕紀本人。

新銳漫畫家居然住在這麼老舊的公寓，出版業寒冬的說法看來是真的。

明知現在不是時候，綾的視線依舊無法從裕紀身上移開。

「咦？」

發現裕紀的目光停留在自己身上，綾慌忙低下頭。

「我記得你是……田中小姐……田中明子小姐對吧？」

裕紀喊出他在簽書會上自稱的假名，這下子綾真的快要不能呼吸了。

「什麼嘛，裕紀，這傢伙是你的朋友啊？」

平頭男子抬眼望向裕紀，聲音表情跟剛才不太一樣。

「呃，倒也不是朋友……你前陣子來過我的簽書會吧？」

「什麼嘛，所以你是裕紀的粉絲？」

被兩個男人輪流審問，綾忙不迭地搖頭。

「不……不是的。」

綾的聲音比蚊子還細，頭上的裕紀把手貼在耳朵旁說：「什麼？」

「他說他不是。」

平頭男子代為傳話，裕紀不解地歪著脖子。

「好奇怪啊，我不可能忘記第一次來我簽書會的人，而且我從以前就特別會記人的長相。」

聽到最後一句話，綾忍不住放聲大喊：

「騙人！」

意識過來的時候，他已經仰起臉尖叫了。抬頭看著呆若木雞的裕紀，綾繼續扯著嗓門吶喊：

「你明明把我忘得一乾二淨。」

『你叫什麼名字？』

裕紀一臉真誠地問自己叫什麼名字的眼神在腦海中甦醒，眼鏡後面的雙眼被淚水模糊了視線。

「難不成……」

裕紀一瞬也不瞬地盯著自己看，瞳孔浮現出驚愕的神色。

「你是弓月嗎？」

被叫出了名字，綾終於恢復神智。剎那間，全身的血液唰的一聲如潮水般倒流。

「等、等一下，我馬上下去。」

探出身子的裕紀退回房裡的瞬間，綾宛如脫兔般當場逃走。

一衝進家門，綾立刻倒在從來不收的被子上。

『你是弓月嗎？』

裕紀從頭上傳來的問句在耳邊甦醒，一路壓抑回家的淚水終於再也止不住了，綾把臉埋進床單裡。

不哭，不哭，我不哭。

他已經把軟弱無力，不知該如何反擊，只會哭泣的自己埋葬在遙遠的過去，自己現在擁有「我討厭你」的網站，還是人人敬畏的毒舌女王。

可是，這種事又不能讓別人知道。

『那你是什麼人？』

平頭男子質問他的時候，他完全失了方寸。

在自己還沒成為幽靈，也還沒成為匿名的毒舌女王之前，只有一位學長特別關照他。

那個人是老字號旅館的二少爺，從國中就會畫漫畫，是很溫柔的學長。

陰沉、囂張、反應遲鈍……曾在抬頭不見低頭見的部落裡被固定幾個女生視為眼中釘的自己承蒙他仗義相助過好幾次，因為看不下去那些女生幾乎每天把綾的鞋子藏起來，幫綾罵他們的不是級任老師，而是那位學長。

當時綾一心只想趕快離開故鄉，也是因為他一聲不吭地請哭泣的綾喝果汁。

『我也想早日離開這種地方。』

有一天，在校園後面的堤防上聊天時，學長突然這麼說。當時學長臉上隱約浮現出自嘲的淺笑。才國中一年級的綾不清楚詳細狀況，但學長當時似乎也正被什麼所苦。

這個人也跟自己一樣不幸。

想到這裡，綾感覺心靈得到一絲慰藉。

學長快畢業時，他們一起拍過一張照片。

學長畢業後考上規定全體學生都要住校的高中，真的該離開部落了。

那個人就是藤森裕紀。

看到裕紀的名字大大地刊登在少年漫畫週刊上，綾著實大吃一驚。

學長原本就很會畫畫，成為職業漫畫家以後，裕紀的畫功更上一層樓，內容雖然走正統路線，但人物充滿魅力，每次都有令人臉紅心跳的場面。

那時綾已經開始寫「我討厭你」的部落格，起初並未盯上裕紀的作品，反而是支持裕紀的粉絲之一，漫畫一上架就立刻買回家，還跑去參加簽書會。

可是裕紀不記得自己。

你叫什麼名字？

當他獻給不特定多數人的職業性微笑映入眼簾，綾感覺腦袋被人重重地敲了一記，衝擊隨即被有如野火燎原、一發不可收拾的憤怒取代。

起初明明和自己一樣不幸，不知不覺竟改頭換面，雲淡風輕地站在陽光普照的地方。

就跟原本苦惱得眉頭深鎖，對著電話不住道歉的主婦一樣。

所有人都拋下自己，走去曬得到太陽的地方，而且一旦抵達那個地方，就再也不會回頭看不幸的人一眼。

所以自己就算傷害他們又有什麼大不了。

畢竟我還這麼不幸。

又不是欺負弱者，我只是在批評幸福的人。

想到這裡，綾整個人彈起來。

完蛋了。

他終於想起沒上鎖的手機還在對方手中。

要是他們看到手機裡存的截圖及書籤，肯定能猜到自己過去都做了些什麼。

腋下流出冷汗。

綾跳下床，用最快的速度打開筆記型電腦，準備從與手機同步的電腦為手機上鎖。

唯有這天感覺開機時間意外地漫長，綾心急如焚地點開儲存個人資料的雲端，一時反應不過來。

照片的檔案夾裡多了好多張照片。有人正擅自用綾的手機拍照。

綾不知所措地看著就連此時此刻也還在上傳的照片。

色彩鮮豔的照片是他看都沒看過的飲料和食物。

隨便點開一張來看，玻璃杯裡盛裝著大紅色蘇打，以薄荷葉裝飾的蘇打宛如紅寶石般晶瑩剔透，碳酸的氣泡閃閃發光地彈跳著。綾從未見過，也沒喝過這麼美的蘇打。

接著點開的照片是淋著芥末醬的香煎杏鮑菇與豌豆莢，杏鮑菇與豌豆莢都水嫩嫩地散發著耀眼的光芒。

下一張是西班牙燉飯。

碩大的平底鍋裝滿了番紅花色的西班牙燉飯，上頭是滿滿的大朵磨菇、鮮紅的彩椒、看起來新鮮又軟嫩多汁的蘆筍……

吞口水的瞬間，綾這才猛然回神。

「住手！」

忍不住大聲尖叫。

到底是誰做出這種可惡的事，是那個平頭男子，還是……難不成是裕紀？

綾拿起平常很少用到的家用電話，粗魯地按下自己的手機號碼，還沒響到第三聲，電話就接通了。

「喂！」

綾粗聲粗氣地說。只要看不到對方的臉，自己還是敢抗議的。

「不要隨便動別人的手機，再不住手的話我就……」

綾一鼓作氣地先聲奪人，卻被低沉的嗓音打斷。

「我等你好久了。」

既不是平頭男子，也不是裕紀，是個彷彿迴盪在深海底的中年男子嗓音。

明明對方的語氣絲毫不帶壓迫感，但不知道為什麼，聽到那個聲音的瞬間，綾完全說不出話來。

男人輕聲細語般地在無言以對的綾耳邊呢喃：

「如果想拿回你的手機，明天晚上請到店裡來——」

隔天晚上，綾走在昨天經過的商店街。曾幾何時，夜風已經不那麼冷。四月過了一半的現在，寒冬已逐漸遠離。

他並不是屈服於昨天那個男人說的話。

綾邊找藉口，反芻自己再次前往這裡的理由。

既然手機的內容都被看見了，乾脆就放著不管也是一種選擇，也不想再見到裕紀。

反正自己是「沒名沒姓的毒舌女王」。

可是考慮到要再買一只新手機，又捨不得這筆花費，沒買保險不說，如果要換成別的資費，還得付解約金，幾乎已經丟了工作的此時此刻更應該極力減少不必要的支出。

所以只好去拿回手機，就只是這樣而已。

綾在腦子裡重複這句話，內心深處其實還抱著些許期待。

改變裕紀命運的咖啡店——

雖然理智覺得不可能，但是吃過那裡的料理，說不定自己的命運也會改變。

簡直蠢到家了。

綾立刻打消自己心中正在萌芽的期待。

不過，裕紀的推特和昨天在照片裡看到的料理真的好好吃的樣子，他已經很多年沒吃過那麼精緻的料理了。

綾屏除一再湧上心頭的雜念，踏進商店街外圍的羊腸小徑。

走在僅容一個人勉強通過的羊腸小徑上不久，大花山茱萸的白花映入眼簾。

經過老公寓前，綾偷偷望向裕紀的房間。

陳舊的窗戶裡沒有燈光，感覺靜悄悄的。萬一裕紀也在咖啡店，自己該如何自處。

到時候，他或許會放棄手機，再次落荒而逃。綾嘆氣抬頭，心裡一驚。

黑暗中，微弱的火光搖曳。

那是掛在門上的煤油提燈發出來的光線，氣氛跟昨天傍晚來的時候差很多。

推開半掩的門，走進中庭，大花山茱萸的根部立著一塊小巧的鐵製招牌。

Makan Malam。放在草叢上的招牌寫著這兩個英文字。

站在古民家的大門口，綾吸了一口氣，下定決心，按下門鈴。

門鈴聲迴盪在屋裡。過了一會兒，感覺有人大步流星地踩著走廊而來。

竹鈴發出叮鈴哐啷的聲響，沉重的木門應聲推開，下一瞬間，綾瞠目結舌地愣在原地。

彷彿用蠟筆描繪的眼影、如鳥羽般誇張的假睫毛、塗成大紅色的嘴唇。

可是再怎麼看，濃妝底下的原形都是陽剛的中年男子。

身材高大的中年男子戴著鮮豔的桃紅色鮑伯頭假髮，身穿深綠色的晚禮服，優雅地在胸前搧著一把孔雀羽毛扇。

火刺木。

眼前這個人正是出現在裕紀漫畫裡，熱愛男扮女裝的魔法師。

沉靜的古典音樂流淌在燈光稍微調暗的店內，綾聽過這首優美的曲子，然而不知道那是誰的曲子。

擺放著籐椅、看起來很舒適的單人座沙發和竹製燈罩的房間面向大花山茱萸盛開的中庭，洋溢著亞洲度假村的風情。

沒想到商店街外圍的羊腸小徑盡頭居然藏著這樣的咖啡店，而且白天的面貌還是極盡浮誇之能事的舞蹈用品店。

綾走進店裡，不動聲色地左顧右盼。

或許因為時間還早，面向中庭的位置空無一人，只有一個戴眼鏡、板著臉的中年大叔坐在吧台區的角落喝茶看報。

「裕紀一早就出去蒐集資料了，今天不會來喔。」

原本已走進吧台後面的火刺木──拗口極了，男扮女裝的中年男子掀開串珠做的門簾走回來，貌似超過一百八十公分的身高幾乎頂到天花板的梁柱。

聽到裕紀的名字，綾感覺臉頰發燙。

「請把手機……還給我。」

綾低聲請求，對方也很乾脆地把手機放在吧台上。

「拿去吧。」

太乾脆了，綾反而有點反應不過來。

「不好意思，包括昨天我拍的照片在內，我把關於這裡的照片全部刪掉了。」

「既、既然如此……」

綾想問他「那為何要讓我看食物的照片」，但還是忍住不問，改用眼角餘光打量吧台對面的女裝男子。

沒想到裕紀引以為傲的「命運咖啡店」的老闆竟是**人妖**。

漫畫中的火刺木是很受歡迎的角色，可是一旦出現在現實生活中，則又另當別論。這還是綾打出娘胎以來第一次親眼看到，能打扮成女人且扮得如此無懈可擊的中年偉岸男子，而不是透過電視之類的媒體。

男子意識到綾的視線，勾起塗成大紅色的嘴角，露齒一笑。

頓時，背脊升起一陣惡寒。

不是隔著漫畫或電視，而是直接近距離看到這種人的話，還是挺可怕的。

安靜的屋子裡只有板著臉坐在吧台角落的中年男子翻報紙的聲響和鋼琴聲，幾乎要被沉默壓垮的綾不禁開口：

「請、請問……」

「請說。」

「可以給我菜單嗎？」

綾說道，盡可能不要與對方的視線對上。但是這句話只換來男扮女裝的男子眨了眨厚重假睫毛的反應。

「這、這裡是咖啡店吧？」

得不到反應，綾的語氣裡帶了一絲焦躁。仔細想想，今天也從早上就沒吃過什麼像樣的東西。

既然裕紀不會來，那麼吃一次「命運咖啡店」的餐點也無妨。

倒也不認為吃完以後，自己無趣的人生就會有什麼改變，但應該能成為「我討厭你」的寫作題材。

「辦不到。」

可是對方卻以平淡至極的口吻拒絕。

「什麼？」

沒想到會被拒絕，綾一時反應不過來。

「我無法為你做菜。」

人妖裝模作樣地伸手扶著下巴，斬釘截鐵地再次拒絕。

什麼意思——

不愉快的感覺在綾心裡發酵。

這個男人也瞧不起自己嗎？

「……這是挑客人的意思嗎？」

「不是，是客人選擇我。」

綾再度無言以對。

這句話到底是什麼意思。

見綾默不作聲，人妖拿起吧台上的扇子打開，在胸前搧了搧。加上那把孔雀羽毛扇，人妖看起來更像火刺木了。

「更何況，這裡是我白天開店之餘，心血來潮開的消夜咖啡店，原本是為了做飯給幫我縫製舞蹈用品專賣店商品的女紅姊妹吃，所以從一開始就沒有菜單。」

「可、可是，不是有常客嗎？不是還用料理改變了學長……漫畫家藤森裕紀等許多人的命運嗎？」

綾不自覺地發出求救般的懇求。

話剛說完，屋子裡響起天搖地動的笑聲。綾莫名其妙地睜大雙眼，人妖氣貫丹田的笑聲持續在耳邊轟炸。

也不管綾已陷入呆滯狀態，身材高大的人妖繼續捧腹大笑。

「抱、抱、抱歉。」

笑到連眼線都被淚水暈開了，人妖一臉無奈地揮揮手。

「這個謠言是從哪裡傳出來的？料理怎麼可能改變命運，我又不會變法術。居然會相信這種鬼話，你其實還挺可愛的嘛……」

被笑成這樣，比起氣惱，綾反而覺得腦中一片空白。

然而，這時綾才發現，這正是自己期待的反應。

在現實世界裡，自己時時刻刻都是被欺負的一方，所以他早已放棄無謂的抵抗。

明明已經放棄了無謂的抵抗，內心深處卻還在網路上追尋發洩管道，想改變一成不變的生活。

「不過……」

人妖好不容易止住笑意，改用略為嚴肅的表情看著綾說。

「要是這家店的常客真的有人改變了命運，也不是因為我做的菜，是那個人靠自己的頭腦和雙手雙腳改變了命運。」

人妖直勾勾地盯著他看，綾感覺自己內心的想法都被看穿了。

忍不住撇開視線，深深地低下頭去。

他不想聽到這些話。

「裕紀房裡的燈光總是直到凌晨三、四點還亮著。」

可是提到裕紀的話題，綾還是不由得豎起耳朵。

「想必是畫得忘記要睡覺吧，所以第二天早上總是精神萎靡，可見他是全心全意地投入在漫畫上。看到他那個模樣，再不情願也會想出一兩道菜，像是專為用腦過度的人設計，不傷胃的菜色，有時候則會想到具有造血作用的食物也不錯，可是很遺憾——」

人妖目不轉睛地凝視著綾。

「看到你，我什麼也想不出來。」

綾咬緊下唇。

這個奇裝異服的男人果然看透自己並未認真面對生活的事實。

「我討厭你……這是你的網站吧？」

人妖靜靜地問他，綾默默地垂下眼睫。

「裕紀很受傷喔，每次來這裡都在長吁短嘆。」

這明明是綾期盼的結果，但是願望實現了，他卻開心不起來。

「我告訴他不必在意，因為那根本不是批評。所謂的批評是要以思想為根基，而思想的責任是很大的，不能以匿名的方式發表。你寫的東西就連感想都稱不上，純粹只是在說別人的壞話。」

「這種事……」

綾說到這裡，又閉上嘴巴。

這種事，根本不用你這個人妖來說，我比誰都清楚。

自己寫的純粹只是在說別人壞話，但，那又怎樣。

誰叫我——

誰叫我這麼不幸。

綾的嘴脣抿成一條線。

沉默中，鋼琴美妙的旋律響起。

男扮女裝的壯漢閉上雙眼，傾聽鋼琴的音色。

「這是德布希的〈夢〉，很好聽吧。」

光燦耀眼的琶音一面轉調，一面優雅地展開。

「可是啊，德布希寫這首曲子的時候還很年輕，據說他正為無法掌握自己的曲風所苦。」

即使是名留後世的藝術家也有過這種苦惱的時期啊。

綾也情不自禁地專心聆聽曲折婉轉的旋律，難以想像如此輕快而幽靜的曲調是在低潮時寫出來的。

這時綾的腦子裡浮現出裕紀抓著頭髮，邊抵抗睡魔侵襲邊努力作畫的模樣。

「可是……這終究是有才華的人才會有的煩惱吧。」

綾不以為然地嘟囔。

不管再怎麼苦惱，他們和一輩子都在遭受蠻不講理的惡意打壓，軟弱無力的自己畢竟還是不一樣的。

「你很頑固耶。」

女裝男子甩動粉紅色的鮑伯頭假髮，微笑說道。

「不過，我也不是不能理解你的心情，任何人都會有嫉妒別人、心態扭曲的夜晚。」充滿惡意與敵意的網路陪自己度過了無數個這樣的夜晚。

不知不覺間，他開始每晚沉溺在網路的海洋裡。

明知愈沉溺只會愈痛苦，依舊無法自拔。明知心靈已經潰爛了，卻還在追求更大的刺激。

想到每天巴著電腦或手機直到天明的自己，綾感覺疲憊已滲入骨髓。

「像這種晚上，我會製作保存用的食品。」

冷不防，魁梧的人妖彎下腰，鑽進吧台底下，再次探出頭來時，雙手捧著一大堆瓶瓶罐罐。

「如何？很漂亮吧。這是柳橙紅酒醋、玫瑰燉蘋果、藍莓糖漿、還有鹹檸檬。」

鮮豔的橘色、華麗的玫瑰色、深紫色、類似卡士達醬的柔和雞蛋色……

五顏六色的瓶子擺在眼前，綾瞪大了鏡片後的雙眸。

「醃漬水果或蔬菜、熬煮果醬、萃取糖漿、釀造味噌……」

女裝男子歌唱似地說，繼續從吧台底下拿出玻璃密封罐。

「製作不用馬上吃的保存用食品最適合用來驅散夜深人靜時的憂鬱。怨恨、嫉妒、痛苦、憎惡、偏見……全都跟當季的蔬菜或水果一起在鍋子裡咕嘟咕嘟地煮沸，再裝進瓶子裡密封，或者是塞進醬缸裡醃漬，也可以用砂糖醃漬。」

七彩繽紛的瓶瓶罐罐在吧台上排成壯觀的一列縱隊。

「即使像青梅這種有毒的水果，醃漬以後就可以吃了，人心裡面的毒素也是同樣的道理。」

女裝男子最後拿出一個特大號的密封罐，裡頭裝滿了梅子。

「你瞧，這些都是我排出來的毒素。」

吧台上擺滿大大小小的瓶子，男人塗上粉底的臉頰浮現出得意洋洋的笑容。

「……還挺多的呢。」

綾語帶譏嘲地說。女裝男子裝模作樣地大聲反駁：

「討厭啦！你以為像我這麼大隻的中年人妖就沒有怨恨或嫉妒的情緒嗎？」

人妖朗聲大笑，拿起孔雀羽毛扇。

「我也有很多嫉妒的情緒喔。」

人妖優雅地在胸前搧扇子，意在言外地斜睨了綾一眼。

「好比說，我也嫉妒你。」

「嫉妒我？」

出乎意料的台詞令綾跌破眼鏡。

「我有什麼好讓你嫉妒的？」

不假思索地問出口之後，綾後悔得要死，肯定又要被對方調侃了。

「嫉妒你的年輕啊。」

可是人妖卻一臉正色地回答。

「還有不需要接受痛苦治療的身體。」

痛苦治療？

人妖輕描淡寫地接著說，綾不知所措。

「你看起來雖然不太健康，但其實沒生什麼大病吧。你的長髮也羨慕死我了。要是我有那麼多頭髮，細心呵護都還來不及了。」

人妖移動一下假髮的瞬間，綾驚得說不出話來。雖然只有一瞬間，還是可以看到幾乎光溜溜的腦袋。

這個人難不成——

綾的胸口隱隱作痛。

綾也知道有一種進行性的疾病在接受治療時會導致掉髮。

「如果認為為什麼只有自己最倒楣，那麼不幸的事要多少有多少，足以讓我羨慕的事情太多太多了，因為嫉妒而無法入睡的夜晚也不是沒有。」

綾已經無法從他身上移開視線了。

這個人比自己更明白世界有多麼冷酷。

「像這種時候就輪到保存用食品出場了，將這份無處可去的怨恨、無可奈何的憎惡、無法消除的嫉妒……全都用砂糖或味噌或鹽結結實實地醃漬起來。」

人妖的低吟有如咒語。

綾不知不覺地聽得入迷。

「喂！」

耳邊突然響起巨大的音量。

綾嚇了一跳回頭看，原本坐在吧台角落看報紙的中年四眼田雞正一臉嫌棄地看著他們。

「我從剛才就不吭聲地聽到現在，敢情你給客人吃的都是自己的怨恨和憎惡嗎？」

男人撫摸中年發福的肚子，粗聲粗氣地說。

「這不是廢話嗎！」

人妖神態自若地指著男人的馬克杯。

「剛才你喝的茶就加了我以大量毒素醃製的橙皮喔。」

語聲未落，戴眼鏡的中年男子差點把茶吐出來。

「別開玩笑了，人妖的嫉妒、偏見、痛苦能吃嗎？太噁心了！」

中年男子把馬克杯猛力放在吧台上，後面的房間啪噠一聲開了，從裡頭走出來的人影令綾全身緊繃。

是昨晚的平頭男子，只見他戴著大紅色的長假髮，雙手扠腰地站在那裡。

「別以為我沒聽見！」

戴著大紅色長假髮的平頭男目露兇光，身後率領著一群戴著五顏六色假髮的人妖。

「你一口一聲的人妖、噁心到底是在指誰來著？」

「還有誰，當然是你啊！還有比你們這群人妖軍團更噁心的傢伙嗎？」

「你說什麼！」

中年男子不甘示弱地回嘴，平頭男甩動大紅色長假髮衝向他，身後的人妖們也蜂擁而上。

「喂！御廚，快叫他們住手！」

男人拚命抵抗，向人妖求救。

但是他稱為御廚的人妖卻鐵了心不理他。

「喂！御廚！你沒聽到嗎，喂！」

男人被人妖們推來推去，最後被拖進後面的小房間，小房間的門啪一聲關上，屋裡安靜得令人毛骨悚然。

「那些人是我們家寶貝的女紅姊妹，與戴眼鏡的大叔打打鬧鬧是常有的事，別理他們。」

男扮女裝的壯漢對已經完全石化的綾聳聳肩。

平頭男率領的人妖軍團原來是這家店的女紅啊。綾心驚膽戰地偷看後面的小房間。

「可是啊，我們並不是人妖，而是品格高尚的變裝皇后，請叫我夏露。」

夏露——

舞蹈用品專賣店的店名原來是這麼來的。

「我無法為你提供任何餐點。」

夏露看著綾的眼神有點悲傷。

「但我可以給你這個。」

夏露將玻璃密封罐放在還在發呆的綾面前，然後又遞出一張寫了做法的紙。

「記住一件事。」

夏露在戰戰兢兢接過的綾耳邊低喃：

「就算世上真有魔法，肯定也只有你自己才能啟動這個魔法。」

第二天，綾睡到中午才起床，正式收到打工地點寄給他的解雇通知。

還得再去辦理一些手續才能正式離開，綾拖著沉重的身體，走進狹窄的廚房，視線不經意地望向流理台下方。

「哇！」

鮮紅的物體映入眼簾，嚇得他忍不住大叫。定睛一看，是他放在那裡的罐子。

密封罐裡裝滿了紅豔豔的糖漿。

昨晚從夏露的店回家時，在車站前的超市買了兩盒三百圓的便宜草莓，半信半疑地照夏露給他的食譜醃漬。

做法其實非常簡單，只要把水果洗乾淨，擦乾水分，撒上相同份量的砂糖——夏露建議用蔗糖，但綾用普通的砂糖代替——和少量的醋，確實鎖緊蓋子，保存在陰涼處即可，除此之外不用再加任何東西，連水都不用。

接著只要放著不管就行了。沒想到才一個晚上，就已經製造出半瓶糖漿。簡直是魔法。轉開瓶蓋，難以形容的清爽香氣撲鼻而來。舔上一口，好吃到不行。

這時，綾突然想起一件事，手忙腳亂地換好衣服，衝出家門，去便利商店買碳酸水，然後又急匆匆地趕回家。

將糖漿倒進玻璃杯裡，再注入碳酸水。

上次在照片中看到，宛如紅寶石般晶瑩剔透的絕美紅色蘇打就大功告成了。

喝下一口，氣泡在嘴巴裡彈跳，酸酸甜甜的蘇打通過喉嚨的瞬間，沁人心脾的清涼感簡直是提神醒腦。

新鮮的香氣與甜味瀰漫在口腔裡，與直接吃草莓別有一番風味，這是他有生以來第一次喝到這麼清爽、這麼美味的蘇打。

這就是我排放出來的毒素？

綾難以置信地搖晃密封罐，便宜的草莓在溶化了紅寶石的液體中載浮載沉。

紅色是嫉妒的顏色。儘管如此，還是這麼乾淨俐落。

細細品嚐地喝完草莓蘇打後，綾走向矮桌旁的組合櫃。肯定在某個地方。

綾在組合櫃裡找了半天，終於找到那張照片，凝視著已經封印了好幾年不曾看過的照片，轉身面向梳妝台。

鏡子裡有個眼皮浮腫的雙下巴女人正看著自己。

沒多久，綾抿成一條線的脣瓣開始微微顫抖。

也難怪裕紀認不出來。

上高中以後，為了消滅自己的存在感，綾戴上沒有度數的黑框眼鏡，再加上一個人生活不注重養生，比以前胖了二十公斤以上。
當時那個怯生生地站在裕紀旁邊，大眼睛、身材苗條的少女早已蕩然無存。
從不努力改變軟弱的自己，自甘墮落成「幽靈」、「無名氏」的綾早在那一刻就已經失去了珍貴的東西。
那就是自己，自己才是最重要的。
「對……」
顫抖的唇瓣發出呻吟般的嗚咽。
「對不起……」
淚水滴滴答答地跌碎在照片上。
綾的頭低得不能再低。
試圖用貶低某些事物這種最簡單的方式與外界建立脆弱關係的自己，跟班上那些利用班會聯手攻擊一個少女，以產生連帶感的主流派女生根本沒兩樣。
都只是不思上進的卑鄙小人，把一切的錯都推到社會或別人頭上。
「對不起……」
綾再次向照片中的少女道歉。
然後擦乾眼淚，打開筆記型電腦。
Hiroki-love
輸入只有自己才知道的密碼，綾安靜地關閉了自己經營許多年的「我討厭你」部落格。

前陣子的春寒料峭就跟騙人的一樣，每天都熱到快要冒汗，櫻花樹已經徹底換上新綠的衣裳，讓人直覺聯想到初夏的陽光從窗外直射進來。

為了辦理離職手續，綾去了一趟位於麴町的辦公室。

「這些年來辛苦你了。」

接過人事負責人冷淡遞來的紀念品，綾四年多的打工生涯就此畫下句點。

接下來要做什麼，他完全沒有頭緒。不過，或許自己還會再找接線生的工作。並不是要利用以前的資歷，而是要重新出發，累積真正的資歷。

『就算世上真有魔法，肯定也只有你自己才能啟動這個魔法。』

如今，綾總算稍微有點明白夏露這句話的意思了。

要遠離願意無條件接受自己的網路實在很恐怖，但綾開始學習在無所歸依的夜晚製作水果和蔬菜的糖漿，不只草莓，杏桃和李子也能做出美麗又美味的糖漿。他也曾經在三更半夜咕嘟咕嘟地煮果醬。

自從開始在洗完澡後喝自製蘇打，綾身上出現了細微的變化。

以前盯電腦或盯手機盯到天快亮的時候，就算筋疲力盡地上床睡覺，也還是輾轉難眠，但是自從開始喝蘇打後，居然能一覺到天亮。

起初還以為被施了魔法，想也知道不是。

其實是製作糖漿時使用的醋具有讓身體暖和起來的作用，有助於深層睡眠。知道這個事實時，綾終於明白，魔法其實有確切的根據及步驟。

人也一樣。

裕紀之所以能站到鎂光燈下，是因為他先在幕後流血流淚地努力過。

真正的魔法需要手法和機關醞釀。

算準接下來是休息時間，綾走向置物櫃。

在從辦公室回來的接線生中找到那個身影，綾深深地吸了一口氣。

「高橋太太。」

不卑不亢地揚起頭，喊出那個名字。

高橋梢。這是鄰座主婦的名字。

必須誠心誠意地向唯一肯定過自己的人道歉才行，或許會被對方拒絕，認為事到如今還有什麼好說。

當然，總有一天也要向裕紀道歉。

對抗荒涼人世的魔法只能靠自己啟動。

首先要跨出第一步。

魔法師火刺木——不可思議的消夜咖啡店老闆——夏露厚實的手掌輕輕地推了自己一把。

梢驚訝地看著自己，綾踩著堅定的步伐走向前。

第二話

藪入的蕁菜冷麵

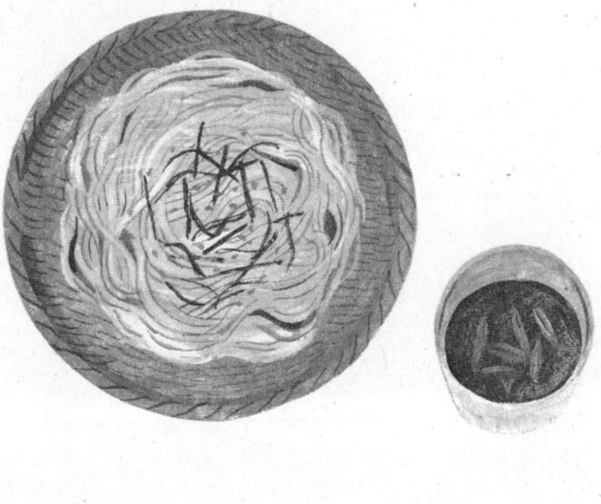

將奶油放進預熱好的平底鍋裡。

滋……香甜的熱氣隨之竄升，融化的奶油在平底鍋表面噗哧噗哧地形成細小的泡沫，丟入切碎的洋蔥，與奶油拌炒均勻，轉小火，邊用木匙攪拌均勻，以免燒焦。

這裡很容易燒焦，所以絕不能開大火，一定要用小火慢慢地、慢慢地……

省吾穿著不合身的大號圍裙，陶醉地看著切菜時令他痛哭流涕的洋蔥遇熱後逐漸變得透明的樣子。

省吾自懂事以來就很喜歡在媽媽旁邊看他做菜，再加上性格內向、個頭嬌小，比起在外面和朋友一起玩，待在家裡、待在媽媽身邊還比較安心。

明明看圖畫書或電視都一下子就膩，唯有盯著食材在砧板上或平底鍋裡逐漸變形、發出香味的時候，怎麼看都看不膩，真不可思議。

沒多久，光看已經滿足不了他，省吾開始自己拿起菜刀，切切番茄、剁剁小黃瓜，第一次炒青菜是他小學低年級的時候，自此以後就沒有切到手或燙傷過。

等省吾到了十歲，除了媽媽教他做的菜，也試著「重現」在外面吃到的料理味道。

像是在家庭式餐廳吃到的漢堡排。

像是在中菜館吃到的煎餃。

即使沒有親眼看到烹調過程，省吾也能憑藉媽媽過去教他的烹調方法和自己舌頭的記憶忠實呈現。

一點點鹽、少許胡椒、一塊奶油、一小撮砂糖。

省吾最喜歡思考為了帶出味道，要加上什麼、減少什麼。

如此這般，省吾只要一有空，就會站在廚房裡，長成一個不太尋常的小學生。

今天要重現的是暑假和家人去海邊度假村飯店的自助餐廳，主廚現場製作的洋蔥磨菇蛋捲。

省吾回想主廚戴著雪白的廚師帽，行雲流水的動作和把焦糖色的洋蔥和磨菇包起來，鬆鬆軟軟的蛋捲口感，進入下一個步驟。

今天用鴻喜菇代替磨菇，鴻喜菇淡淡的苦澀味道應該也會很適合這道蛋捲。菇類和蔬菜不同，一下子就熟了，所以炒的動作要快，集中在平底鍋的邊緣備用。

在另一邊的平底鍋倒入加了少許牛奶的蛋液，等到蛋的表面稍微凝固，再把洋蔥和鴻喜菇放在中央，咚咚咚地敲打平底鍋柄，把蛋捲起來，捲好後，關火，接下來只要以餘溫加熱就行了。

這裡要是煎得太熟，蛋捲的口感就會變硬。

滑動平底鍋，把蛋捲移到盤子裡，省吾嘴邊浮現滿意的微笑。

這種感覺真美妙。

「做好了。」

把盤子放在爸媽翹首以盼的餐桌上，爸爸發出「喔哦！」的讚歎聲。

媽媽迫不及待地吃下一口，臉上立刻露出幸福的笑容。

省吾非常喜歡這個瞬間。

自己也用叉子把蛋捲送入口中，炒成焦糖色的洋蔥好甜，鴻喜菇的口感和些許苦澀混著半熟蛋香嫩滑溜的美味在舌尖擴散。

跟他想的一樣，不只如此，比想像中還好吃。

「真的跟上次在飯店吃到的蛋捲一模模一樣樣。省吾，你將來可能會成為很厲害的廚師喔！」

爸爸轉眼間就吃掉一半，笑逐顏開地說。

「已經比媽媽做的還好吃了，小省一定能成為優秀的廚師。」

媽媽的語氣也充滿喜悅。

爸媽的稱讚比什麼都讓省吾開心。

更何況，省吾本身也對此深信不疑。

自己一定會朝做菜的路邁進，從今以後也要讓許多人因為吃到自己做的菜而展露歡顏。

隨著頭往下點的反作用力，香坂省吾驚醒過來。

回頭看，還有好幾個人在日光燈蒼白的光線下癡癡地等。

自己從悶熱的酷暑中趕來，剛在冷氣開得很強的候診室緩過一口氣，好像就不小心睡著了。

在擱淺的睡意中看見小學的自己。

穿著不合身的大號圍裙，一臉嚴肅地站在廚房裡。現在回想起來，當時是他做菜做得最快樂的時候。

在那之後究竟過了幾年？感覺已經過了好久，但又像只過了一瞬間。

回過神來，省吾已經二十七歲了，在世人眼中還很年輕，是隨時都可以從頭來過的年紀。

可是，就算要從頭來過，到底要從哪裡，又要怎樣來過？

省吾嘆口氣，打了個哆嗦。

或許是打盹讓體溫下降，感覺空調送出的冷氣有點太冷。

進入八月後，斑透翅蟬與油蟬在室外大合唱，就連住商混合大樓都能聽到蟬鳴聲，但這或許也是因為候診室裡靜得連一根針掉地上都聽得見的緣故。

省吾幾乎被沉重的氣氛壓垮，從架上抽出一本雜誌。

漫不經心地翻頁，發現是美食雜誌時，心裡暗叫不妙。

天麩羅、生魚片、壽司、牛排……

無論翻到哪一頁，都有令人口水直流的美食闖入視線，換作以前，他大概會仔細地從照片的這個角落掃到那個角落，藉此就能想像味道到一定程度。

可是現在——

看著照片，感覺愈來愈不舒服，省吾闔上雜誌。

「香坂先生。」

這時剛好叫到他的名字，省吾連忙起立，想把雜誌放回架上時，差點被一直閉目養神的女士高跟鞋尖絆倒。

「不、不好意思。」

省吾以痙攣的聲音道歉，走出候診室。

「香坂先生，請進。」

護士打開門，朝他招手，省吾走進診間。

小房間裡彌漫著消毒藥水味，主治醫生翻著病歷，抬起頭來。

「最近怎樣？睡得好嗎？」

省吾任由三十多歲、戴眼鏡的主治醫生觀察他的氣色，不置可否地點點頭。

「不過最近熱得要死，就連我也輾轉難眠。」

主治醫生說道，用原子筆的尾端搔搔頭。狹小的窗外湧現大片的積雨雲，蟬聲響遍整個診間。

「胃口還好嗎？」

「……還好。」

主治醫生問來問去都是這些問題，省吾眨了眨無神的雙眼。

「吃得下東西嗎？」

「……還可以。」

「有沒有什麼特別不對勁的地方？」

「……沒有。」

老實說，他根本不知道該注意什麼。

主治醫生盯著省吾死氣沉沉的樣子看了好一會兒，終於露出釋懷的笑容。

「香坂先生，你以前太忙了，現在就不要在乎那些小事，好好休養吧。」

要休養到什麼時候？

省吾吞下這句話。

見省吾沉默不語，主治醫生轉過身去，在病歷表上寫字。

「晚點會開上次的藥給你，請你再到候診室等一下。」

在護士委婉的催促下，省吾離開診間。

等了一個小時以上，結果只看了不到十分鐘。

拿了處方箋，到藥局領完藥，省吾走回豔陽高照的大馬路上，看一看錶，快十二點了，現在是最熱的時候。

縱使什麼都不做也會滿身大汗，省吾盡可能挑選陰涼處走向巴士站。

轉乘公車，回到住處已是下午一點。

還是得吃點東西，不然身體真的會撐不住。

省吾輕輕按住胃部，手指繼續往下滑，摸到肋骨。從小就瘦瘦小小的體型，最近愈來愈瘦了。

靠著好不容易冒出頭的飢餓感，省吾走進狹小的廚房，打開冰箱，拿出早已不記得是什麼時候買的蔬菜。

省吾一動也不動地站在乾癟得不成形狀的蔬菜和磨得很鋒利的菜刀前，為了找回夢中的觸感，逼自己拿起菜刀。

然而，手才碰到乾癟的青椒，菜刀就停在半空中。

他不知道自己想做什麼，也不知道該做成什麼味道。

小時候，像拼圖一樣組合各種味道再加以拆解明明是那麼快樂的事，如今卻完全不能理解自己是怎麼辦到。

事情為什麼會變成這樣。

將來一定能成為優秀的廚師。

省吾從未懷疑過父母一口一聲的稱讚，高中畢業後，馬上進入烹飪專門學校，在學校也取得優異的成績。

他一直相信自己會走上烹飪之路。

沒想到現在就連自己做飯也辦不到。省吾握著菜刀，用力閉上雙眼。

經過了多久呢。

省吾終於吐出鬱結於心的嘆息，睜開雙眼。結果那天也沒做菜，又拿起事先買好的能量飲料。

省吾心不在焉地喝著能量飲料，耳邊只聽見蟬聲唧唧。

小朋友在明亮的店內跑來跑去。

年輕的母親邊吃聖代邊閒話家常，哪怕自己的孩子完全坐不住也不管管。

那天下午，省吾在家庭式餐廳享用遲來的午餐，點的餐跟平常一樣，依舊是淋上柑橘醋蘿蔔泥的日式漢堡排定食。

省吾機械化地把做成適合各種年齡層吃的正統漢堡排塞進嘴裡，如果是這種自我風格比較不強烈的料理，還是可以勉強入口。

普普通通地好吃。

最近經常可以聽到的這句話，或許是由家庭式餐廳與便利商店提供的味道取最大公約數而來。

無論如何都無法自己下廚的省吾最近都在家庭式餐廳或速食店吃飯，因為「普普通通地好吃」的料理就不會逼出連自己也無法控制的焦慮或緊張。

有個小孩撞到省吾那桌，打翻水杯，省吾趕緊抓住杯子。聲勢浩大地坐在斜前方那張桌子的媽媽軍團依舊只顧著講話。

省吾嘆氣，用紙巾擦拭嘴角。

或許是因為學校開始放暑假，家庭式餐廳的客人比平常還要多，靠窗的座位坐滿專門來飲料喝到飽的年輕學生。

暑假啊。

省吾心不在焉地想起最早在割烹料亭[3]拜師學藝的事。烹飪學校畢業後，省吾開始在巢鴨的割烹料亭當學徒。

雖然是家族式經營的小餐廳，也是有些歷史的老字號。父親公司的客戶社長是那家店的老主顧，聽說省吾剛從烹飪學校畢業，主動介紹他去工作。

省吾還在念書的時候就時有所聞，學習日本料理要花很長的時間才能出師，光是從早到晚被師兄弟的指示追著跑，俗稱「打下手」的過程就要耗費好幾年，所以他也做

3. 傳統的高級日本料理餐廳。

好了心理準備。

可是——

回想三年過去，就連打下手的機會都沒有，做來做去都是清掃的工作，連烹飪器具也沒碰過，只配拿菜瓜布、鬃刷和抹布的日子，省吾至今仍覺得鬱鬱寡歡。

在家族式經營的餐廳裡，自己終究是不請自來的不速之客吧。

只有吧台座位和小和室包廂的料亭看來並不缺人手，客人也幾乎都是常客，就連幫他介紹的社長也是從祖父那一代就經常去光顧。

肯定是無法拒絕這位貴客的介紹，才勉為其難雇用自己。

事實是當省吾說要辭職的時候，師父的態度乾脆到不能再乾脆。

從某個角度來說，省吾其實做了一件破壞行規的事，但師父完全不置一詞，反應未免太平淡了，不禁讓他懷疑師父是不是早就在等他主動知難而退。

儘管得到的待遇連學徒都稱不上，還是有件事令他百思不得其解。

每次過年或盂蘭盆節[4]前夕，老闆娘都會叫省吾過去，給他一大堆土產。

不固定公休的料亭每年只有兩次長達一星期的休假，分別是過年與盂蘭盆節，老闆娘每年放假前都會準備店裡的佃煮[5]和醬菜給他「送給老家的父母」，裡頭一定會有給他穿的襯衫，省吾每次都覺得莫名其妙。

大概是自己平常的樣子看起來很寒酸吧，每次收到看似高級，但總覺得有點過時的襯衫，省吾都會在心裡犯嘀咕，比起送他襯衫，還不如趕快讓他從事烹調開胃菜或前菜等八寸場[6]的工作。

事實上，省吾也不常回老家。他家在神奈川縣的平塚，完全是個鄉下地方，想回去隨時可以回去，所以反而近鄉情怯。過年當然會回去，但如果是盂蘭盆節，通常都是在自己住的公寓裡滾來滾去，睡過一天。

冰箱裡應該還有幾盒老闆娘交給他，要他「送給父母」的佃煮。

今年的中元節又要到了。

瞥了盡情享受暑假的學生一眼，省吾喝下一口已經不冰的冰水。

『香坂先生，你以前太忙了，現在就不要在乎那些小事，好好休養吧。』

主治醫生剛才說的話撞擊著耳膜。

省吾兩年前辭去不給他正事做的料亭。以業界的常識來說，他辭職的方式完全不值得學習。即便如此，省吾當時卻感到如釋重負，彷彿好不容易鑽出漫長的隧道，暫時不用再煩惱將近一個月不能休息，也不用再擔心沒時間好好睡覺的問題。

然而，當時的「破壞行規」果然遭到報應了，導致事情變成這樣。

自己現在彷彿正放著永遠不會結束的暑假，已經一年沒有像樣地工作過了。

不可能永遠過著這種遊手好閒的生活，原本就不是很充裕的存款如今更猶如風中殘燭，但事到如今也無法厚著臉皮回老家。

4. 相當於道教的中元節。
5. 用醬油、味醂、砂糖烹煮新鮮的海產，是種甜甜鹹鹹的佐飯配料。
6. 負責料理完成前最後一道手續和擺盤。

因為父母至今仍對自己會成為「厲害的廚師」深信不疑。

省吾緊緊地閉上雙眼，面前是好不容易才吃完的空盤。

父母大概做夢也想不到，原本以為兒子可以躋身「世界級廚師」之林，如今卻陷入連自己煮食都辦不到的狀態。

尤其是父親，每次省吾偶爾回家，都會一廂情願地帶他去鎌倉或葉山的料亭吃飯。

『你的舌頭能這麼敏銳，都要感謝老爸不惜血本，從小就帶你去各種厲害的餐廳吃飯喔。』

想起父親笑得無比開懷的表情，省吾惆悵嘆息。

以他現在的狀態，要是被帶去高級料亭，才真是連手腳都不知該怎麼擺了。

「請問可以收了嗎？」

服務生問他，省吾嚇了一大跳，睜開眼睛，忙不迭地點頭。服務生繃著一張臉，乒乒乓乓地收下空盤。

曾幾何時，收銀機旁出現一排候位的人，大多數都是剛結束社團活動的學生。年輕媽媽還圍著斜前方的桌子高談闊論，面前是早已見底的聖代杯。

省吾提著行李，抬起黏在椅子上的屁股。

剛踏出冷氣開得特強的家庭式餐廳，悶熱的暑氣立刻籠罩全身，這種室內外的溫差聽說也是造成自律神經失調的原因之一。

省吾感覺前額開始隱隱作痛，該說是痛嗎，最近經常受到這種頭痛的侵擾。

想起飯後忘了吃藥，省吾在自動販賣機買礦泉水，佐著冷水吞下小藥片。

自己比前陣子好多了。

省吾邊在心中安慰自己，步履蹣跚地頂著幾乎要把人烤熟的暑氣踏上歸途。

回到住處，信箱裡有個白色信封。

豪華的信封與平常的廣告信完全不一樣。

會是什麼呢——

把手裡的信封翻到背面，看到寄件人的名字時，省吾瞪大了雙眼。

蘆澤庸介。

在「世界第一的餐廳」實習，日本料理界的風雲人物，最近被譽為帥哥廚師，經常出現在媒體上。

省吾匆匆地走進房間，打開信封，抽出貼著金箔的美麗卡片，是開幕酒會的邀請卡。

庸介終於實現以前說要自立門戶的誓言，在高輪開了自己的店「ASHIZAWA」。邀請卡上印有庸介穿著筆挺廚師服，簡直像個法國菜大廚的身影。看到寫在照片旁邊的經歷，省吾感覺太陽穴周圍又開始隱隱作痛。

上頭寫著他在餐廳實習時被位於聖保羅日本人街的「Zipangu」主廚正也．阿圖爾．御坂看中，在「Zipangu」於東京舉行的擺盤教學擔任現場工作人員。

「Zipangu」的大名在餐飲業可以說是無人不知、無人不曉，由歐美的美食家及飲食記者投票表決的世界級比賽中，「Zipangu」是連續四屆榮獲「世界第一的餐廳」美譽的超級名店。

無法承受庸介自信滿滿的笑容與從照片裡盯著自己看的視線，省吾下意識地閉上雙眼。

唉……跟自己簡直是天壤之別。

沒想到是用這種方式消化那次經驗，對比庸介的堅強，省吾感覺自己痛苦得快要死掉了。

省吾隨即壓下頓時湧上心頭的渴望。

要是自己當時也能撐過去，能開創出這樣的未來嗎？

不可能。自己沒有這麼強大。

自己直到最後都無法在不惜破壞行規也要奮不顧身投入的地方找到容身之處。

省吾睜開緊閉的雙眼，拿起桌上的原子筆，筆尖靠近隨信附上的出缺席明信片。

他當然不打算出席。

大腦明明是這麼想的，但不知道為什麼，省吾的手指卻只是一直握著原子筆，卡在出席與缺席之間，動彈不得。

現代化的清水混凝土建築物前人山人海。

門口擺滿了豪華的花籃，每個花籃的卡片上都寫著知名文化人或演藝人員的名字。

蘆澤庸介開在高輪的餐廳具有時尚的外觀，看起來一點都不像日本料理店，比較像是走在流行尖端的設計師大樓。

省吾用太陽眼鏡和口罩遮住臉，躲在行道樹的樹蔭底下遠眺手裡拿著邀請卡，魚貫進場的人。
省吾終究未能寄出出缺席的明信片。
既然如此，為何自己還像個孤魂野鬼地出現在這裡呢。
摸著良心說，省吾很想知道成為主廚的庸介會提供什麼料理。
但他並不覺得現在的自己能做出正確的評價，大概試吃一口就會原地爆炸。
庸介已經站在自己可望而不可及的遙遠舞台上了。
省吾輕聲嘆息。
回去吧。這種大熱天還戴口罩，像個傻瓜似的。
省吾摘下口罩，為了斬斷自己的戀戀不捨，果斷轉身。
「咦，請問是香坂先生嗎？」
這時剛好有個女人從背後走來，向他攀談。
「果然是香坂先生。」
女人肩上掛著大包包，驚訝地看著自己。回過頭，結結實實地與對方打了個照面，省吾頓時失去退路。
省吾見過這個滴溜溜地轉動著大眼睛的女人。
「啊，不好意思，我以前採訪過你，我叫……」
女人打開包包，想要取出名片。
那一瞬間，看起來就很重的資料如雪崩般掉滿地，女人忙著想要撿起來，沒想到檔案夾鬆開，裡面的資料散落在人行道上。

好巧不巧，有輛賓士車從車道疾駛而過，資料被風颳跑。

「哇啊啊啊！」

女人大聲尖叫，追著被風吹跑的資料，省吾也不假思索地趴在人行道上按住資料。即使已是黃昏時分，油蟬依舊喧囂地唧唧歌唱，省吾和女人東奔西跑地追著滿天飛舞的紙張，撿起所有的資料時，兩人皆已汗流浹背。

「應該都撿回來了吧……」

「真、真的非常感謝你。」

省吾把檔案夾還給他，女人面紅耳赤地深深一鞠躬。

「重來一次，我是以前採訪過香坂先生和蘆澤先生的記者。」

女人遞出名片，頭低得都快頂到膝蓋了。四邊裁成圓角的名片上印有「特約記者安武櫻」的字樣。

「快走吧，都怪我，害你遲到了。」

櫻抬起頭，一把抓住省吾的手臂。

「咦，呃，我……」

櫻不由分說地拉著不知所措的省吾往前走。

「要是因為我害你進不了會場就糟了。」

省吾被櫻拖到記者招待會的櫃台。

櫃台裡穿著黑套裝的女性要求他們出示邀請卡，省吾不發一詞，心想若因為這樣被擋在門外也好。

「你在說什麼，你不知道這位是香坂省吾先生嗎！」

沒想到櫻又強行殺出一條血路來。女性工作人員懾於櫻的魄力，以模稜兩可的笑容交出來賓通行證。

「快點進去吧，蘆澤先生的演說就要開始了！」

省吾在櫻的陪伴下，如履薄冰地踏進店裡。一走進大廳，以竹葉裝飾的大盆鮮花映入眼簾。

「哇！好壯觀。」

櫻火速從包包裡拿出單眼相機，開始猛按快門。省吾也偷偷地在高朋滿座、熱鬧非凡的店內四下張望。

店內與外觀一樣皆以清水混凝土打造而成，比起料亭更像宴會廳，雖然配置著竹子等日式植物，卻又洋溢著一股無國界的氛圍。

這裡的確是「Zipangu」。

Zipangu雖然是日本的意思，卻又是不折不扣的外來語。

由工作人員帶路，省吾和櫻移動到大廳。這裡大概是這家店的主要會場。在入口拿了飲料，進到擺了很多椅子的室內。

電視台的採訪小組在入口架設一堆攝影機，可見媒體有多關注從「世界第一的餐廳」出師的帥哥廚師自立門戶一事。

房間後面架設著臨時舞台，工作人員還準備了用來做簡報的投影機。

「這是用抹茶和柚子做成的氣泡酒，真有意思！」

身旁的櫻對香檳杯裡的創作飲料讚歎不已。省吾也喝了口一看就知道女生會喜歡的碳酸系飲料。

普普通通地好喝。

腦中閃過那句時下流行的評語。

這時，場內燈光轉暗，周圍安靜下來，聚光燈打亮舞台，蘆澤庸介穿著雪白廚師服現身。

庸介抬頭挺胸地站在舞台中央，眾人一起獻上掌聲。

「今天非常感謝各位百忙中抽空前來參加『ASHIZAWA』的開幕酒會。」

耳邊傳來庸介字正腔圓的致辭。

一旁的大螢幕同時播放出庸介印在邀請卡上的簡介。

包括櫻在內，所有媒體相關人員全都開始認真地做筆記。

「『ASHIZAWA』這家日本料理店將承襲世界第一的餐廳『Zipangu』的傳統，提供全新概念的日本菜，希望帶給大家超越美食的『體驗』。」

並非「美食」，而是「體驗」。這是「Zipangu」的主廚正也・阿圖爾・御坂一直掛在嘴邊的口頭禪，省吾好幾次差點被他平靜中不失堅毅的口吻逼瘋。

望著庸介沐浴在燈光下，面對大批媒體侃侃而談的身影，省吾不禁想起過去宛如戰場的時光。

前年，世界第一的餐廳「Zipangu」在東京的五星級外資飯店開設擺盤教學的快閃店時，提拔了兩位年輕的餐廳學徒當現場工作人員。一位是當時二十八歲的蘆澤庸介，另一個就是才剛滿二十五歲的省吾。

兩年前，省吾與庸介一同參加了「Zipangu」的專案，成為裡頭最年輕的工作人員。機緣來自外資飯店舉辦了一場不問國籍、不分業餘或專業的創作和食比賽，在重視傳統的日本料理界，沒有得到師父的同意就擅自參加比賽其實是一種破壞行規的行為。然而，入門三年連菜刀都沒握過的省吾不僅瞞著師父，就連老闆娘及師兄弟都沒透露，不管三七二十一地報名參加。

省吾把海魚磨成泥，做成變化版的濃湯參賽。湯在日本稱為「椀物」，是日本料理的精髓，「煮方」是專門負責煮湯的人。在省吾工作的料亭，煮湯的主要工作至今仍由師父負責，就連貴為小老闆的師兄也只是名為「脇鍋」的助手，最終還是得由煮方檢查高湯。

省吾雖然只有打掃的分，但為了盡量多學到一點煮高湯的方法，每天都盯著師父的動作。熬煮昆布的溫度和取出昆布後，投入大量柴魚片的時機稍有差池，就會失去昆布的美味，只剩柴魚片的腥味。

用的雖然不是餐廳用的高級食材，省吾依舊在公寓狹小的廚房一再模仿師父的手藝。

省吾研發出來的日式柴魚濃湯得到評審團特別獎，僅次於將鴨肉治部煮[7]變化成法國菜的風味奪下優勝的庸介。

7.日本金澤很有名的地方菜。

當時的評審團團長就是「Zipangu」的主廚——日裔巴西人正也．阿圖爾．御坂。

正也是個面色紅潤，神采奕奕的男人，很難想像他與師父一樣都六十好幾了。在料亭一直被當雜役使喚的省吾得到世界級廚師正也「很棒」的稱讚，感覺像是重新活了過來。

頒獎典禮後，省吾與庸介一起被叫進小房間，正也親自問他們要不要在三個月後即將由飯店開設的「Zipangu」快閃店工作。

來自世界級餐廳主廚的挖角。

姑且不論庸介原本就預定離開實習的料亭自立門戶，對於連想要站在廚房裡做菜都不可得的省吾而言，無疑是天上掉下來的禮物。

省吾一口答應這個邀請，完全沒想到這是對不管怎樣都照顧自己三年的料亭忘恩負義的行為。

這下子總算能擺脫連學徒都稱不上的生活，終於能做點像樣的菜，不再只是打掃了，不接受這個邀請才奇怪。

省吾意氣風發地提出辭呈，師父也乾脆地批准了。

當時省吾深刻地體會到，對於家族式經營的老字號料亭來說，自己果然是個不速之客。

省吾暗自發誓，這次一定要在新天地盡情展現廚藝。

事實上，正也的確不像傳統的日本料理主廚那麼重視實習，他的做法是實踐，除了實踐還是實踐。

省吾和庸介一進團隊，立刻奉命要做出一道拿手菜。

省吾再次仔細地熬了高湯，將賀茂茄子先炸後煮，炸過的茄子吸飽仔細熬的高湯，淋上大量勾芡的明蝦鬆，再撒上山椒葉。

正也嚐了一口省吾的作品，笑咪咪地說：

「太好吃了。」

省吾才剛放下心中大石，正也又淡淡地說：

「不過，這只是普通的茄子。」

一開始不明白他在說什麼。

充分發揮食材及季節的特色不正是日本料理的基礎嗎？

「你以為『Zipangu』是傳統的割烹料亭嗎？」庸介笑著為省吾解惑：

「你想想看嘛，正也．阿圖爾．御坂是日裔巴西人，根本沒在日本當過學徒，你在這種店推出正統派的什錦燉菜會有什麼後果。」

至此，省吾總算明白自己有多天真。

只聽過「世界第一的餐廳」的稱號，卻不曾親身體驗「Zipangu」是家提供什麼餐點的餐廳。

「不過，正也．阿圖爾．御坂是被全世界認可的天才廚師這點是不爭的事實，能被名滿天下的正也看上，我們要有自信。話說回來，以『Zipangu』的級數，是不是正統派的日本料理店根本一點都不重要。」

庸介凝視著省吾，斬釘截鐵地說。

「最重要的是『Zipangu』是**世界第一的餐廳**這件事。」

世界第一的餐廳——

問題是，世界第一的標準究竟在哪裡？

據說是根據活躍於世界舞台的飲食記者及美食家的投票結果，但參與投票的幾乎都是外國人。

省吾默不作聲地輪流打量沐浴在燈光下繼續致辭的庸介和專心抄筆記的櫻。

Zipangu。西方人眼中架空的日本。

他們活在現實的日本，卻對Zipangu投以憧憬的眼光。

省吾沒吃過「Zipangu」的餐點，終於在聖保羅本店的工作人員抵達日本時明白正也追求的是標新立異的烹調手法。

工作人員帶來用一氧化二氮瓦斯將食材搗成泡沫狀的器材和瞬間冷凍裝置，全都是些想不到是烹飪器具的東西。

『我想提供的不只是美食，還有充滿興奮的體驗，同時也是前所未有的發現。』

面對三個月後就要舉行的擺盤教學，當所有工作人全員到齊，正也以平靜的口吻告訴大家。從那一天起，有別於正也安穩的笑臉，開始驚心動魄的每一天。

工作人員來自四面八方，從日裔巴西人到中國人、韓國人、葡萄牙人都有，也有很多聽不懂日語的人，光是這點就令連一句英語都不會說的省吾陷入苦戰。

儘管如此，省吾還是勉勵自己，不同於以前連菜刀都沒機會碰，現在至少能做菜了，所以每天都努力嘗試挑戰各種不同的菜色。

然而，省吾做的菜始終跳脫不出基本的範疇，無法列入「Zipangu」的開幕菜單。

『太好吃了，但也就只是普通的蘿蔔。』

省吾做了幾道菜，就駁回過幾次，而庸介卻和本國的工作人員一起不斷挑戰新的烹調手法，看在省吾眼中，把松茸或龍蝦等高級食材做成慕斯、將京都蔬菜冷凍再打碎已經不是做菜，而是實驗。

不知從什麼時候開始，省吾發現這裡也沒有自己的立足之地。

與因為是老客人的介紹而不得不接收自己的餐廳一樣，感覺自己在這裡能進廚房的原因也只有「因為自己是日本人」這點。

再不想想辦法的話——

省吾心急如焚，拚命想追上庸介，像是模仿庸介，用五顏六色的色素為打碎的食材染色，用一氧化二氮瓦斯把蛤蜊變成慕斯，將甜蝦瞬間冷凍再打碎。

開幕在即，所有人都拚了，尤其是最後一個月，包括主廚正也在內，省吾等全體工作人員幾乎都不眠不休地工作。

這輩子從未體驗過那種燃燒小宇宙的每一天。

撐過那段瘋狂的日子，期間限定的「Zipangu」快閃店吸引大批政商名流慕名而來。

省吾有些錯愕地面對儘管一份全餐要價七萬圓，依舊轉眼就預約額滿的狀態。

「日本料理的再出發」、「前所未有的體驗與發現」，媒體的評價好到不能再好，不只主廚正也，就連在外場工作的庸介和省吾也不時接到採訪邀請。

但是負責回答問題的主要還是庸介，省吾只是怔怔地坐在一旁。

快閃店結束後，正也與其他工作人員一起回國前，曾把手搭在省吾和庸介的肩上說：「但願這次的經驗能對你們今後的人生有所幫助。」

庸介顯然沒辜負正也對他們的期許。

省吾凝望著庸介包裹在雪白廚師服下耀眼的身影，感覺胸口隱隱作痛。

不同於別說是發揮經驗，完全處於茫然狀態的自己，庸介充分地吸收了那些經驗，內化成自己的東西。

庸介的致辭告一段落後，燈光調亮了一點。

經常可以在電視裡看到的年輕女明星把料理的樣本端到設置於舞台的桌上，一旁的櫻立刻舉起單眼相機，此起彼落的閃光燈讓室內亮如白晝。

以狼牙鱧與魚子醬為主的下酒菜、鮑魚生魚片、魚豆腐湯、龍蝦具足煮[8]……鮑魚生魚片有一半做成慕斯，但桌上的料理顯然屬於比較正統派的日本料理，這點令省吾鬆了一口氣。

還以為要開始試吃了，餐點卻只有這樣。

接下來由庸介與女明星針對大螢幕裡的料理展開對談。

「我剛才吃了一口，真的好好吃！」

女明星誇張地強調只是擺出來，儼然裝飾品的餐點其實是人間美味。

「該怎麼說呢，口感很新奇，鬆軟綿密……」

女明星以高八度的嗓音重複著極其貧乏的形容詞，聽的人完全感受不到有多美味。

可是沒有人覺得不對勁，不管是一旁的櫻，還是背後的電視台採訪小組，都拚命地追逐庸介與女明星的身影，而非料理。

脫口秀結束，庸介與女明星退場後，場內燈光立刻恢復成正常的亮度，完全出乎省吾的預料。

該不會就這麼結束吧。

「沒有試吃啊……」

戒慎恐懼地問道，正在檢查相機記憶卡的櫻「嗯」了一聲，柳眉微蹙地說：

「最近的記者招待會好像都這樣，餐點的照片多半也只能用官方提供的宣傳照。」

也就是說，媒體寫的報導其實是根據主辦方提供的照片及資料啊。

可是這麼一來，每本雜誌的報導不就大同小異了嗎？

「啊！」

冷不防，櫻突然站起來。

「抱歉，那邊好像要開始聯合採訪了，我過去一下。」

櫻抓住大包包，以不輸給其他記者的速度衝過去。

留下省吾獨自怔忡地四下張望，工作人員已經在出口分發紀念品。

沒有人在乎台上的餐點。省吾站起來，走向擺放在桌上的餐點。

省吾曾以當上煮方為目標，因此很好奇庸介會煮出什麼樣的湯，尤其用豆腐做的魚豆腐湯是非常考驗廚藝的菜色，稍微用葛粉勾芡的魚豆腐湯加上了當季的四季豆和切成細絲的蘘荷，看起來十分美觀。

「請問……」

省吾鼓起勇氣向前來撤下餐點的工作人員攀談，對方朝他投以狐疑的視線，令他手足無措。

「我以前曾經和蘆澤先生一起工作過。」

「是噢。」

貌似還是大學生的年輕工作人員不感興趣地看了省吾一眼。

「真不好意思，可以讓我喝一口那碗湯嗎？」

省吾幾乎沒有勇氣講完這句話，真不該提出這種要求，無論那碗湯好不好喝，肯定都會讓自己受傷。

「可以啊。」

對方卻十分乾脆地答應了，反而是省吾措手不及。

「咦……」

「反正上頭只要我把東西收下去，收下去也是要倒掉，所以我想應該無所謂。」

年輕的工作人員丟下這句話，開始收拾其他餐點。

省吾拿起有如裝飾品般放在下酒菜旁的漆筷，將已經涼透的湯碗湊到顫抖的嘴邊，喝下一口勾著薄芡的湯——

感覺全身的血液都在倒流。

沒有味道。簡直像是在喝白開水。

完全嚐不出日本料理的精髓，也就是高湯的風味。

碗筷從顫抖的手中滑落。

碗掉在地上的聲音聽起來好遙遠。

又發作了。

明明最近已經逐漸恢復正常了，明明已經可以接受家庭式餐廳或便利商店的便當那種不過不失的味道了。

可是自己依舊吃不出道地的日本料理細緻的調味。

呼吸變得急促，汗水狂流。

省吾連站都站不住，當場蹲下。

睜開雙眼，看見白色的天花板。

省吾意識到自己躺在長椅上，額頭覆蓋著冰涼的溼毛巾。

「啊，香坂先生，你沒事吧？」

一動身體，就看到櫻從正上方俯瞰自己，省吾怔忡地看著他的臉，慢慢找回方才的記憶。

久違的恐慌症發作，好像就此昏了過去。

「真……真不好意思。」

急著想起身，眼前又是一片黑。

「別勉強，要不要幫你叫救護車？」

「不用了，我沒事。」

省吾費力地向陪伴自己的櫻點點頭。房裡有排置物櫃，鋪著亞麻油地氈，看樣子是工作人員的休息室。

自己突然暈倒，肯定給庸介添了麻煩，省吾拿下額頭上的溼毛巾，深呼吸。

「真的不用叫救護車嗎？」

櫻擔心地問道，省吾搖搖頭。

「不用。」

不是身體的毛病。

「其實我……」

省吾正要開口時，休息室的門被一把推開。

「香坂，聽說你貧血了？」

庸介還穿著上台的白色廚師服，大步流星地走進來。

貧血？

省吾不解地眨了眨眼。也對，如果有人突然倒下，會聯想到貧血也誠屬自然。

「已經沒事了。」

省吾不置可否地點頭。

「真對不起，今天是記者招待會的大喜之日，我卻給你添麻煩了……」

「別放在心上。」

庸介一屁股坐在對面的椅子上，蹺起修長的二郎腿。

「我很高興你能來。」

這句話讓省吾的臉往下低了幾分，像這樣面對面，反而覺得以前站在同一個外場工作的前輩離自己更加遙遠。

「恭喜你有了自己的店。」

省吾必須使出九牛二虎之力，才能讓自己的語氣不至於太過卑微。

「哦，謝啦。」

庸介則恰恰相反，態度十分坦然。從他的態度及語氣感覺得出來，庸介毫不懷疑自己的成就。

「你最近好嗎？」

被問到最害怕的問題，省吾好想捂住耳朵。見他默不作聲，連櫻也投來好奇的視線。

「我現在……身體有點不太好……」

掰不下去了，凝重的沉默籠罩休息室。

「對了！那個混帳東西！」

為了驅散沉重的氣氛，庸介突然大聲起來。

「居然讓你吃了沒味道的樣品。」

「咦？」

省吾觸電似地揚起臉。

沒味道？

一時之間聽不懂庸介在說什麼。

「沒味道是指……」

忍不住反問，庸介尷尬地笑了兩聲。

「誰會特地為脫口秀用的樣品熬高湯啊，光是要煮湯就已經費時又費工了。」

「可是那碗湯……」

「你一喝馬上就知道了吧，那碗湯只是隨便用葛粉勾個芡。」

換句話說──

喝不出高湯味道並不是自己的味覺有問題。

省吾感覺全身都沒力了。

「怎麼啦，瞧你三魂掉了兩魂半的表情。」

庸介饒富興味地調侃茫然自失的省吾。

「你還是老樣子，真是不知變通的傢伙。最近攝影用的料理都不調味是這個業界的主流做法喔。」

庸介每天被許多採訪追著跑，似乎早已忘了以前曾經和省吾一起接受過櫻的採訪。完全把櫻當成和省吾一起來的人，泰然自若地說出絕對不能透露給媒體知道的真心話。

「再說了，來參加招待會的記者根本不懂料理真正的味道，他們只要以我的經歷和我準備的新聞稿資料寫成報導就好了。」

說得太直接了，省吾瞥了櫻一眼。櫻淺淺地坐在折疊椅上，視線靜默無聲地落在自己的手邊，拳頭握得死緊。

「聽好了，香坂，你也對自己有信心一點。」

庸介拍拍省吾的肩。

「我們可是日本唯二參加過世界第一的餐廳『Zipangu』主廚正也．阿圖爾．御坂團隊的廚師喔，憑著這個經歷，要找到金主根本易如反掌，只要你有意願，隨時都能擁有一家自己的店。」

庸介以犀利的眼神盯著他看，省吾無言以對。

「我想成為這個業界的億萬富翁。」

庸介對始終沉默不語的省吾露出睥睨一切的笑容。

「話說回來，只有日本料理的廚師得花十年以上才能獨當一面這種事本身就已經落伍了，你也不想一直當個被師兄弟呼來喝去的打雜工吧？我們可是從烹飪學校畢業的，又不是上一個時代的小學徒。」

想起那段別說是打雜，就連菜刀也碰不得的歲月，省吾只有低頭不語的分。

「在法國菜或義大利菜的世界裡，多的是三十幾歲就自立門戶的老闆兼主廚，唯有日本料理永遠把門檻墊得那麼高。可是這種情況再繼續下去，遲早有一天會沒有人想當日本料理的廚師。」

庸介抱著胳膊，冷哼一聲。

「所以我想在跟不上時代潮流的日本料理界走出一條新的路，料理評論家中也有人認為『Zipangu』根本稱不上是日本料理，但我不在乎被當成異類，不論他們怎麼批評，社會大眾的選擇是『Zipangu』還是我，多虧『Zipangu』的光環，『ASHIZAWA』的預約已經排到半年後了，這才是鐵一般的證據。我認為廚師也跟運動選手一樣，應該利用年輕的時候多賺點錢。」

庸介說他打算到處展店，與龍頭食品廠商合作，從事商品開發。

「從世界第一的芝麻豆腐到世界第一的年菜，只要有話題性，什麼都要嘗試。畢竟我有『世界第一』的背書，就算沒有實體也無所謂，我打算不斷拓展宴會廳事業。」

省吾不知道庸介說的對不對。

但他的氣勢讓省吾毫無招架之力。

在「Zipangu」那段驚濤駭浪的日子裡，省吾幾乎被磨耗殆盡，庸介卻試圖把在那裡抓到的東西轉化成自己的優勢。

庸介口若懸河地談起生意經，省吾一句話也插不進去。

「你如果需要幫忙，隨時都可以來找我商量喔。」

這是庸介的結論，但省吾心想自己大概不會再跟庸介聯絡了。對省吾而言，庸介高談闊論的遠景完全不是自己的目標。

那什麼才是自己的目標呢。

捫心自問，省吾愈發意識到自己有多渺小，眼前是一望無際的荒野，看不見任何指標。

與櫻一起走出店外時，周圍已經徹底籠罩在暮色裡。

「不好意思，把你拖到這麼晚……」

省吾向一直陪伴自己的櫻深深一鞠躬。

「沒關係，我今天不用再回公司。」

櫻擠出笑容，表情有一絲陰霾。

這也難怪。畢竟聽了那麼多不中聽的話。

在那之後，彼此相對無言地走向車站。都會的夏天入夜後依舊悶熱，油蟬也還在行道路上唧唧鳴叫。

「倒是香坂先生，你真的不要緊嗎？」

櫻又憂心忡忡地問了他一次。

「不要緊，讓你擔心了，事實上……」

省吾猶豫了半晌，決定鼓起勇氣告訴他實話。

「我目前正在看心理醫生。」

這件事連父母都不知道。

「雖然只是暫時的，但是在『Zipangu』工作之後，我已經吃不出食物的味道了。」

省吾的告白令櫻停下腳步。

省吾回頭看了櫻一眼，臉上浮現自嘲的苦笑。

「我和蘆澤不一樣，並沒有得到正也．阿圖爾．御坂的認可。」

腦子裡閃過不管做什麼都被退回來，「只是普通的茄子」、「只是普通的蘿蔔」的過往。

「站在『Zipangu』的廚房裡，我開始搞不清楚自己在做什麼。」

他不認為把龍蝦做成慕斯、把京都蔬菜打碎是一種調理方式。

「儘管如此，我還是勉強自己工作，拚了命地工作……好不容易熬過任期後，有一天，我突然吃什麼都沒有味道了。」

當時的恐懼再度甦醒，省吾指尖顫抖。

再也沒有比失去味覺更可怕的事了，失去味覺對廚師是致命的打擊，他感到絕望，擔心自己再也沒辦法做菜。

「接受過各式各樣的檢查，最後被精神科診斷為自律神經失調，已經看了快一年的醫生，至今尚未完全康復。」

櫻聽到這裡，露出恍然大悟的表情。

「所以當你喝到沒有味道的樣品湯……」

「沒錯。我喝到那碗湯時，發現完全沒有高湯的味道，還以為自己又發作了，才會驚慌失措。」

省吾皺眉苦笑。

「真傻對吧。仔細想想，明明喝得出迎賓飲料的味道，卻沒想到台上的料理居然沒有調味……」

「那是當然的啊。」

櫻打斷省吾的自嘲。

「就連我，也不知道攝影用的餐點竟然沒有味道。」

省吾這才想到庸介剛才那番毫不遮掩的話肯定讓櫻很受傷，趕緊噤口不言。

櫻重新背好看上去如有千斤重的包包，開始往前走。

「……對不起……」

省吾從後面追上去賠不是。

「香坂先生不用向我道歉。」

櫻放慢步調。

「更何況，蘆澤先生說的都是事實，像我這種特約記者，說穿了只是受雇於人的寫手，只能把報導寫成客戶要求的樣子。如果是美食特輯，就算不懂味道，也必須符合客戶的要求寫下去。」

櫻不知不覺停下腳步。

「所以就算是根本沒吃過的料理，也能根據新聞稿的資料寫出一篇篇報導，我們其實也很隨便。如果雜誌的廣告剛好是由餐飲店贊助的就更不用說了，就算那家店的東西很難吃，也不會寫出真相。」

在媒體炒作下變得一位難求的名店一家家誕生，又一家家消失大概就是因為這樣。

省吾的大腦一隅閃過這個想法。

「目前的媒體業良莠不齊，自從網路新聞蔚為主流後，這個趨勢尤其明顯。從背後有贊助商，類似業配文的報導，到只為了賺取流量的八卦，與造假無異的新聞多如過江之鯽。」

櫻不甘心地仰望天空，接近滿月的月亮隱隱約約地浮現在多雲的天空中。

「鋪天蓋地的訊息中有很多不具實體的東西，被才不在乎真相是什麼，只是基於好玩的社群軟體不斷轉發，甚至引起不尋常的風潮，真是個恐怖的時代，但或許我也是幫兇之一。」

抬頭仰望明月的側臉痛苦地扭曲了。

「可是，我不想一直墮落下去。」

櫻回頭看著省吾，從雲隙間灑落的月光微微照亮了他的臉頰。

「現在肯定是我還在修行的階段，要觀察、聆聽、感受許多東西，也會因此受了很多傷、留下很多悔恨……這些都是為了找出對自己真正重要的東西之前的修行。現階段可能還沒辦法，但總有一天我一定會寫出靠自己思考、判斷的作品，而不再只是依循贊助商或客戶的要求。」

這句話與省吾當初在料亭只能打掃的日子重疊，省吾很羨慕櫻清澈的眼神。

「安武小姐好堅強。」

感嘆不假思索地脫口而出。

「我就是沒辦法忍耐。被『Zipangu』挖角前，我在一家老字號的料亭工作。可是工作了三年，連拿菜刀的機會都沒有，於是我忍無可忍，瞞著師父參加比賽，得獎時就跟做夢一樣，而且那場比賽的評審團團長就是『Zipangu』的正也．阿圖爾．御坂，但是我在『Zipangu』也找不到立足之地，無論去到哪裡，都沒有任何用處……」

省吾的聲音嘶啞得幾乎聽不見。

「我到底想做什麼。」

看到櫻和庸介都能有條有理地闡述自己的目的，省吾覺得自己簡直一無是處。

「我才不堅強。」

櫻看著省吾，兩張臉突然靠得好近，害他倒抽一口氣。

「我也曾經一直覺得自己就跟奴隸沒兩樣，跟就算被踩扁也多的是別人可以代替的工蟻沒兩樣，一直覺得人生索然無味，總覺得自己空空的，缺少很多東西。」

櫻看著省吾的眼神無比真誠。

「可是，有人告訴過我，之所以會感到痛苦或難過，都是我好好地透過自己的心和頭腦思考，想要努力往前走的證據。」

櫻的大眼睛不知不覺地散發出堅毅的光芒。

「那個人教會我，每個人都是自己人生的女王。聽到這句話，我整個人豁然開朗。人生只有一次，要當奴隸還是女王由自己決定……啊，香坂先生是男人，所以不是女王，而是國王。」

國王……？

省吾在內心複誦，櫻突然一拳搥在掌心裡。

「對了！香坂先生也來吧。」

「去哪裡？」

突如其來的提議令省吾大吃一驚。

「去可以吃到真正美食的地方。」

「如果是餐廳的話，我有點……」

「那裡既是餐廳，也不是餐廳，別說雜誌，就連網路上都找不到資料，是我靠著自己的觸角和雙腳找到，貨真價實的私房名單。」

「可是已經這麼晚了……」

「別擔心。」

櫻對裹足不前的省吾嫣然一笑。

「那裡是消夜咖啡店。」

那家店在離市中心不遠的郊外。

猶豫不決間，省吾已經被櫻帶著在一個不認識的車站月台下了車。

好像是因為新線開通而急速發展起來的街道，南口緊鄰大型購物中心，對面則矗立著高塔式住宅大樓。

「香坂先生，是這邊喔。」

然而，櫻昂首闊步地走向另一側的出口。

踏出北口，與從車站內看到南口印象完全不一樣，眼前是一片蕭條的街廓，傳統的商店街從店門口堆滿紙箱的超市前往前延伸。

「快點走吧。」

櫻有點忐忑不安的樣子。

「不知道今晚有沒有開……」

「欸！」

省吾豎起耳朵，這句話可不能聽過就算了。

他都把人帶到這裡來了才在說什麼。

「是公休日不固定的店嗎？既然如此，為什麼不事先訂位或打電話確認呢？」

省吾忍不住語帶責備地發難，櫻倒是不以為意地回答：

「嗯……有點難解釋，總之是不接受訂位，有緣才能找到的店。」

省吾被櫻的回答打敗了。

到底是家什麼樣的店。

「別擔心！我認為香坂先生絕對是有緣人。」

櫻毫無根據地隨口亂說。省吾凝視著他的背影，偷偷嘆息。

不過來都來了，只能奉陪到底。

省吾追上加快腳步的櫻，走在拉下鐵門的商店街上，經過還燈火通明的補習班，再經過珠子聲嘩啦作響的小鋼珠店，走到商店街外圍。

前面林立著老舊的獨棟房子和木造公寓，是很普通的住宅區，看起來不像有餐廳的感覺。

這時，櫻正要鑽進僅容一人勉強通過的羊腸小徑。

「把店開在這種地方啊。」

省吾忍不住問道，櫻一臉自豪地回答：

「沒錯，就是這種地方。」

順著擺滿塑膠桶和空調室外機的石子路往前走，終於看到盡頭有棟古民家，門口點亮橘色的煤油提燈，有如指標。

「有開，太好了！」

看到煤油提燈忽明忽滅的火光，櫻如釋重負地大聲嚷嚷。

「夏露的心情難以捉摸，所以經常不營業，香坂先生果然和Makan Malam很有緣。」

夏露？Makan Malam？

陌生的單字令省吾一時半刻反應不過來。

古民家有個小小的中庭，中庭裡有棵大花山茱萸佇立在黑暗中，圓圓的綠葉長得很茂盛，樹根處隨意地擺著鐵製的小巧招牌。

Makan Malam。在招牌上看到這樣的字眼。

看上去只是普通的古民家，但這裡的確是一家店。

省吾跟在腳步輕盈得像是要飛起來的櫻身後，踏進中庭，悠揚的音色撩撥著耳膜，原來是蟋蟀正在羊齒蕨和姑婆芋恣意生長的草叢裡歡唱。

那一瞬間，感覺悶熱的夏夜吹過一陣涼風。

那位「夏露」大概就是鼓勵櫻，使他打起精神的人。

不曉得夏露這個名字是真名還是綽號，省吾從發音想像對方是個丰姿綽約、充滿異國風情的妙齡女子。

「我也很久沒來了，很期待能見到夏露本人！」

櫻一臉雀躍地按下門鈴。

隔了好一會兒，耳邊傳來把走廊踩得吱嘎作響的腳步聲，厚重的木門被推開，竹鈴發出叮鈴哐啷的脆響。

「夏露！」

玄關門一打開，櫻就發出激動萬分的高分貝。

問題是。

出現在門裡面的人卻讓省吾看得下巴差點掉下來。

塗成大紅色的嘴唇、宛如鳥羽般的假睫毛。

邊緣綴著珠子的薄紗披肩隨動作輕輕搖晃。

如果只聽到這裡，與自己想像中充滿異國風情的女性還算相去不遠，可是，最重要的部分完全不對。

「哎呀，小櫻，歡迎光臨！好久不見。」

耳邊傳來低沉渾厚的嗓音。

頭上綁著七彩頭巾，晚禮服上罩著薄紗披肩的人是個身高超過一百八十公分，體格壯碩的中年男人。

人、人妖——

省吾非常後悔自己為什麼要跟來。

這裡是人妖酒吧。

他知道這種店的存在，也知道有女生喜歡這種店，但自己不喜歡這種環境。

聽說有些人妖酒吧的媽媽桑會發表人生的經驗談，也在電視上看過因為提供準確的意見而大受歡迎的人。

但自己不吃這一套。

倒也不是有什麼偏見，就只是單純的不自在。
省吾一步一步地往後退，不小心踩在蔓延到門口的羊齒蕨，腳底一滑，險些跌個四腳朝天。
「危險！」
就在那一刻，手腕被用力抓住，整個人被拉往人妖的方向，差點被肌肉賁起的胸膛抱了個滿懷。
「哇啊啊啊啊啊！」
省吾發出難為情的尖叫聲，人妖依舊抓住他的手腕，慢條斯理地開口：
「你是不是吃了太多食品添加物？」
「啊……？」
省吾一頭霧水，人妖接著說：
「年紀輕輕，體溫太低了，而且臉色也很難看。」
人妖不知道什麼時候把大拇指貼著省吾的手腕，為他把脈。
「血液循環好像也不好，你平常都吃外面吧？像是連鎖店或速食店。」
人妖放開他的手腕，觀察省吾的臉色。
「還有，你該不會經常頭痛吧？尤其是前額的部分，會一陣陣地刺痛。」
他說得完全正確，省吾啞口無言。
「果然沒錯。」
看到省吾的表情，人妖點點頭。

「你攝取太多化學調味料和白砂糖了，導致身體趨於陰性，太陽穴附近會痛也是陰性頭痛的特徵。」

人妖豎起食指，開始滔滔不絕地娓娓道來：

「連鎖店或速食店的食物和便利商店的便當其實多半是使用了大量砂糖的食品，攝取太多白砂糖的話，腦部的血管會膨脹，是造成頭痛的原因。陰性體質的人也要小心用於機能食品的果糖，如果要攝取果糖，請從新鮮的水果和礦物質、酵素一同攝取，而不是透過加工食品。」

人妖的博學令省吾嘆為觀止。

自己也在烹飪學校學過營養學，但是從未見過能說明到這麼仔細的人。

「進來吧，我先為你泡一杯減輕陰性頭痛的茶。」

人妖甩動薄紗披肩，走在鋪著木板的走廊上。

省吾也趕緊脫鞋，跟著熟門熟路的櫻踏進走廊。人妖中途消失在應該是廚房的門後，省吾和櫻一起走進走廊盡頭的房間。

被間接照明照亮的空間有張吧台，乍看之下有點像酒吧，但就算是酒吧，也跟省吾想像中的酒吧天差地別。

店內擺放著籐椅和看起來很舒服的單人座沙發，氣氛非常和諧。

黃銅青蛙捧著蠟燭，火光閃爍的吧台角落有個戴眼鏡的男人繃著一張臉正在看報，面向中庭的單人座沙發上有位白髮老太太一面喝茶，一面用細細的針編織鮮豔的藍線。

兩人看起來都不像是會喜歡「人妖酒吧」的人。

屋子裡播放著不可思議的音樂。

勾起鄉愁的笛聲與類似銅鑼的聲響交織成靜謐、如履薄冰，可是又不失莊嚴的音色。

「啊，好好聽……每次聽到德貢甘美朗音樂，就更有來到Makan Malam的感覺了。」

櫻陶醉地笑瞇雙眼。

「德貢甘美朗？」

「嗯，據說是流傳在印尼異他地方的宮廷音樂。」

櫻告訴他Makan Malam也是印尼文，Makan是食物，Malam是夜晚的意思。

這麼說來，這家店的氣氛確實很像印尼峇里島的私房度假村，櫻也說這裡是消夜咖啡店。

「柳田老師，晚安。」

櫻向在角落看報的中年男子打聲招呼，坐在吧台前的鋼管椅上。省吾也提心吊膽地在他旁邊的鋼管椅坐下。

挺著鮪魚肚的中年男子看了櫻一眼，只發出一聲介於「嗯」與「哦」之間的低喃，視線又回到報紙上。

反應說有多冷淡就有多冷淡，但櫻絲毫不以為意。

「哇！好美！」

注意到吧台上堆了很多絲巾，櫻為之讚歎。

「對吧，很漂亮的緣飾吧？這是土耳其的傳統手工藝，叫作Oya。」

正在靠窗的沙發上做針線活的白髮女士開口說道。

「我也剛請夏露和克莉絲妲教我，正在挑戰，像這樣用細針穿過珠子來編織。」
「是嗎！比佐子女士，讓我看，我要看。」
櫻跳下鋼管椅，一股腦地衝向老太太。
「不僅可以用來點綴絲巾或披肩的邊緣，也可以個別織成花樣，做成首飾。光用線編織就很漂亮，如果再加上閃亮亮的珠子，稱為Boncuk Oya。」
「哇，好精緻！比佐子女士的手真的好巧。」
省吾心不在焉地遠眺兩個年紀差到可以當祖孫的女人有說有笑，活像女學生的身影，看樣子這裡的客人彼此都認識。不理會吱吱喳喳的女生，中年男子繼續板著臉，默默地看報。
省吾對這種氣氛不是太陌生。
一股懷念的感覺湧上心頭。
「讓你久等了。」
正當省吾欲探索這股懷念之情從何而來，耳邊傳來渾厚的嗓音，人高馬大的人妖掀開吧台後面的門簾，出現在眼前。
「先喝了這個再說。」
肌肉結實的身體包裹在晚禮服下的人妖遞出蓋上蓋子的馬克杯，隔著吧台與人妖面對面令省吾有些緊張。
帶他來的櫻還在跟老太太聊天，絲毫沒有要回座的跡象。
「怎麼啦，又沒有下毒。」

人妖半開玩笑地挑起一邊的眉毛，濃妝豔抹的臉龐被搖曳的燭光照亮，簡直像是另一個世界的魔女，兩隻耳朵還掛著令人聯想到朝鮮薊的大耳環。

省吾戰戰兢兢地接過馬克杯。

打開蓋子，香氣撲鼻而來，喝下一口，爽快的感覺沁入心脾，很容易入口，但舌尖會殘留淡淡苦澀。

「這是……蕎麥茶嗎？」

但是跟省吾熟知的蕎麥茶略有不同。

「只答對了一半，這是由蕎麥和小米、艾草調和而成的茶，蕎麥和艾草具有讓傾向陰性的體質恢復成中性的作用。」

原來苦澀的味道是由艾草來的，這麼說省吾就理解了。再喝一口，感覺胃的邊緣確實暖和起來。

「即使是夏天，身體也會發冷喔，體質偏寒的人更要注意。你明明還很年輕，臉色未免太差了。」

人妖憂心忡忡地觀察省吾的臉色。

「為了預防頭痛，最好暫時減少白砂糖的攝取，別再吃外面，自己做點簡單的食物來吃，用南瓜或紅蘿蔔、洋蔥等多糖類代替砂糖，應該就能減輕症狀。」

省吾不置可否地點點頭。人妖說得一點也沒錯，但自己現在能不能下廚煮飯還是個未知數。

「小櫻，你的是防止皮膚粗糙的薏仁茶。」

人妖喊了一聲，櫻眉開眼笑地回來。

「不過小櫻，你的皮膚變得漂亮多了。」

「因為我照你說的，盡量少喝酒、少吃零食。」

櫻重新坐回省吾身旁的鋼管椅，笑容靦腆。

省吾捧著馬克杯，不動聲色地左顧右盼。

真是不可思議的一家店。

陰暗的店內讓人聯想到酒吧，但沒有人喝酒，所有人面前都是裝了茶的馬克杯，各自消磨自己的深夜時光。

省吾喝著熱呼呼的茶，聽著宛如海浪般起起落落的甘美朗音樂，緊張的感覺一點一滴地消失，就連老闆是壯碩人妖這檔事，曾幾何時也已經變得不重要了。

「今天怎麼沒看到嘉姐？」

「女紅姊妹有表演，他去幫忙，應該快回來了。」

人妖回答櫻的同時，坐在吧台角落看報的中年眼鏡男從鼻孔裡冷哼了一聲。

「最好永遠都別回來。」

「哎呀，你會這麼說，就表示你真的很想他呢。」

「怎麼可能！」

人妖調侃的口吻氣得中年男子大聲反駁。

「御廚，說到底，都是因為你太放縱那個不良少年了——」

「住口。」

人妖沒好氣地打斷中年男子的話。

「要說幾次你才會記得，我在這裡的名字是夏露。」

「我也說了，誰叫得出口啊！」

「你很頑固耶。」

「不是我頑固，是你腦子有問題。」

看兩人脣槍舌劍地你來我往，櫻悄悄地附在省吾耳邊解釋：

「柳田老師和夏露是國中同學，柳田老師目前在母校當學年主任。」

國中的學年主任和人妖——

光是這種組合已經夠嚇人了，看上去已經年過五十的柳田與自稱夏露的人妖年紀一樣大這點更令省吾震驚。

夏露的言語及態度確實很成熟，但省吾實在無法想像體態勻稱的人妖與中年發福的大叔居然一樣大。

「夏露，這條漂亮的裙子是白天店裡的新產品嗎？」

櫻硬生生地插進他們的口舌之爭。

「哦，那是非賣品喔。」

人妖毫不戀棧地偃旗息鼓，回過頭來說。

「就快藪入了，這是為藪入準備的。」

「藪入？」

「沒錯，下禮拜就是中元節，以前稱過年和中元節的假期為藪入，也有人稱盂蘭盆節為後藪入。從以前就有在藪入做新衣服或襯衫送給返鄉工作人員的習慣，算是一點小禮物。」

省吾豎起耳朵聽人妖對櫻做說明。

眼前浮現出割烹料亭的老闆娘每年正月或中元節假期前夕，除了店裡的土產，還會讓他帶新襯衫回家的事。

「為什麼是襯衫？」

省吾忍不住發問。

人妖手裡拿著色彩繽紛的絲巾，慢條斯理地回答：

「老闆送夥計衣服是從江戶時代就有的習俗，好讓夥計能體面地回故鄉也是江戶老闆的堅持。只是江戶時代送的是和服，現在則改送襯衫。」

老闆送夥計衣服——

這句話沉甸甸地壓在省吾內心深處。

「說到老闆送夥計衣服，或許會讓人覺得是強加的好意，當時寫成『四季施』，意指送的衣服要配合季節，相當於現在的三節獎金。」

人妖把綴著華美串珠緣飾的絲巾一條條折好，優雅微笑。

「我們這種小店發不出三節獎金給員工，至少想以絲巾或首飾代替衣服……」

「欸，我第一次聽到藪入這個詞，原來還有這種習俗。」

櫻表示讚歎的同時，吧台角落的柳田又插嘴。

「怎麼，最近的年輕人連藪入都不知道啊，藪入不是有名的落語題材嗎？」

「柳田老師，你也聽落語啊。」

櫻反問，身為國中學年主任的柳田「哼」地挺了挺大肚腩。

「三遊亭金馬大師的〈藪入〉可是傑作呢。『……喂，孩子的娘，那混球還真的撐下來了……』」

柳田啪的一聲蓋上報紙，突然換個聲音，開始講起落語來。

「『說什麼當差很辛苦，害我好生擔心他會不會捱不住，真不愧是我的孩子……』」

使出渾身解數的傾情演出逗得一旁的櫻咯咯笑。

省吾起初看得目瞪口呆，沒多久也被柳田傾全力表演的落語吸引住了，就連坐在窗邊的老太太也停下針線活，豎起耳朵來聽。

〈藪入〉是描寫長年在外工作的獨生子返鄉的落語，現在聽起來也還是不落俗套的父子情故事。

尤其是父親看到好久不見的兒子，大為興奮，一心想著「先帶孩子看品川的海，再去橫濱，然後去江之島……」最後再「前往京都、大阪，從讚岐的金毘羅菩薩看到九州的礦坑」，規劃一天之內周遊日本半圈的段落，聽來固然可笑至極，卻也讓省吾想到帶他吃遍各種山珍海味的父親。

故事大綱是父親對兒子顯著的成長感到困惑，又哭又笑，甚至因為激動過頭，從上到下大鬧了一場，後來又因為兒子身上帶的錢太多，誤以為兒子是不是做了什麼壞事，開始暴跳如雷，最後才知道那是為了預防鼠疫，抓到老鼠的獎金。

無論是江戶時代還是現在，因為親情而引發的誤會或衝突似乎都萬變不離其宗。

『從今以後也要為主人鞠躬盡瘁……這才是所謂的忠。』

忠義的忠與老鼠的叫聲一樣，為故事畫下爆笑的句點。

從一開始的正經八百，難以想像柳田的演出如此傳神，省吾與櫻都報以掌聲。

「真是寶刀未老。」

吧台後面的人妖也一起拍手，緩緩地開口。

「這個人國中時代參加過落語研究社。」

「欸！」

做夢也沒想到柳田有這樣的過去，省吾與櫻面面相覷，就在這個時候——

竹鈴響起，玄關門突然開了，一群人嗐嗐呼呼地從走廊上走來。

「哎——真是熱死了，就算是夏天，都這麼晚了，熱度多少也該收斂一下吧。要是用剪刀剪開空氣擰一擰，大概能擰出一堆水來。再這樣下去，別說是沒食欲了，中暑也只是遲早的事。」

戴著大紅色長假髮，三十出頭的男人大聲嚷嚷地走進屋裡來，背後跟著戴著五顏六色假髮的人妖軍團。

好不容易開始習慣體格壯碩的人妖，這下子又差點嚇到腿軟。這就是省吾一開始不想看到的「人妖酒吧」光景。

櫻在省吾血色褪盡的耳邊說：

「他們是夏露的妹子嘉妲和女紅們，這家店白天其實是量身訂製的舞蹈用品專賣店，晚上的Makan Malam原本是從做飯給女紅吃開始的，啊，還有……」

櫻壓低聲線，繼續說著悄悄話：

「絕不能叫這裡的人人妖喔，否則會被嘉姐揍得半死。這裡沒有人是人妖，大家都是品格高尚的變裝皇后。」

變裝皇后？

相當陌生的字眼令省吾有些怔忡，同一時間，視線與一頭紅髮，彷彿頂了個鬃獅頭套的男人不偏不倚地對上，想起柳田剛才提到的「不良少年」，省吾不禁發起抖來。

「這個長得像豆芽菜的傢伙是誰，該不會是小櫻的男朋友吧？」

「不是。」

櫻一口否定，速度快得甚至有些失禮。

「那你是誰？」

嘉姐瞇細了眼問道。

「我、我是……」

省吾支支吾吾地答不上來的剎那——

「哇啊啊啊啊啊啊啊！」

令所有人嚇到後仰的尖叫聲響徹雲霄，嘉姐與變裝皇后軍團下一秒全都圍著吧台上的絲巾。

「好可愛啊！」「太美了！」「這是土耳其的蕾絲絲巾對吧？」

以嘉姐為首的變裝皇后已經完全不把省吾放在眼裡，手裡拿著邊緣綴著五顏六色珠子的絲巾，七嘴八舌地喧鬧不休。

「大家冷靜點，每種蕾絲的顏色和形狀都有不同的意思，我準備了適合每個人的絲巾，待會兒跟改善體質的茶一起送給大家。」

夏露優雅的口吻讓變裝皇后歡聲雷動。

再次在吧台角落翻開報紙的柳田看不下去地冷哼一聲。

「真是的……這群人一回來又吵翻天了。」

「啥？你說什麼，臭老頭！」

嘉姐暴跳如雷地就要衝向柳田，夏露拍了拍掌，制止他。

「好了好了，到此為止。難得大家都到齊了，來吃消夜吧。」

「可是大姊，我最近沒什麼胃口。」

變裝皇后軍團也在嘉姐背後不住點頭。

「我今天準備了沒胃口的人也吃得下的消夜，稍等一下。」

夏露甩了甩大耳環，消失在吧台深處。

消夜——

省吾也很好奇對營養學瞭若指掌的夏露究竟會做出什麼樣的料理，卻又同時有點侷促不安。

然而四下張望，根本沒有人在意他這個新來的，嘉姐和幾個變裝皇后正圍著窗邊的老太太，交換土耳其串珠蕾絲的技巧心得。

柳田的注意力又回到報紙上，一旁的櫻伸長脖子等著吃消夜。

自己果然記得這種，每個人愛做什麼就做什麼的閒適氣氛。

思緒飄遠，省吾一口氣哽住。

「讓各位久等了。」

夏露捧著大竹簍現身。

竹簍上是撒了海苔、紫蘇和白芝麻的冷麵。

「這是全麥冷麵，請沾著有大量佐料和蓴菜的沾麵醬，咕嚕咕嚕地大快朵頤。」

所有人都發出宛若嘆息的歡呼。

蓴菜漂浮在顏色較深的沾麵醬裡，宛如裹著透明的果凍，美極了。

「包著蓴菜的透明玩意兒是黏蛋白，黏蛋白有助於強化胃黏膜，所以能改善天氣太熱、沒有胃口的問題，還能促進唾液腺荷爾蒙的分泌喔。」

琳琅滿目的小碟子裡裝滿了蔥花、蘘荷、生薑、芹菜珠、昆布絲等佐料。

「吃得下的人還有高粱春捲喔。」

四季豆和高粱炸得酥脆可口的春捲旁附上切成月芽形狀的檸檬。

櫻火速把筷子伸向春捲，一旁的省吾則先輕輕含入一口如果凍般的蓴菜沾麵醬。

強烈的美味直擊腦門，省吾驚訝極了。

唾液腺受到刺激，下巴一陣劇痛。

「這個用了真昆布，而且還是非常好的昆布，肯定是天然的昆布吧。」

養殖的昆布與天然的昆布風味天差地別。

又接著喝了兩、三口。

「柴魚片也是本枯節柴魚，吃得出來是用真昆布與本枯節熬的第一道高湯。」

柴魚片分成荒節與本枯節，柴魚煮熟、煙燻、乾燥，製成荒節後，再讓荒節發霉達兩次以上，熟成後就稱為本枯節。

用昆布之王——真昆布與本枯節柴魚片熬煮的第一道高湯可說是最高級的高湯。

「還加了乾香菇，而且比例拿捏得恰到好處，蓴菜的味道很單純，所以不會干擾高湯，口感也很絕妙。」

省吾情不自禁地脫口而出，把麵沾上沾麵醬來吃。

柴魚與乾香菇的香味充滿整個口腔，昆布的鮮甜緊跟著後來居上，全麥冷麵與蓴菜的爽脆口感妙不可言。

「嗯！真好吃！」

叫好之後才猛然回神。

夏露、嘉妲和柳田全都驚訝地看著自己。

「等等……」

夏露用手指抵著臉頰。

「小櫻，這孩子到底是何方神聖？」

「啊，抱歉，還沒幫你們介紹。這位是在世界第一的餐廳『Zipangu』擔任過現場工作人員的廚師，香坂省吾先生。」

「嗚啊啊啊啊啊啊！」櫻的話還沒說完，夏露就發出幾乎要把屋頂掀掉的渾厚叫聲。

「小櫻，這種事你怎麼不先說，我這不是在專業廚師面前班門弄斧嗎！」

夏露嚇得面無血色，雙手貼在臉上，擺出孟克的吶喊姿勢。

「真不好意思，我這種料理外行人居然自以為是地建議專家自己煮飯來吃。」

省吾連忙對亂了方寸的夏露大搖其頭。

「別這麼說，我才不是什麼專家，更何況我已經將近一年做不出像樣的料理了。」

省吾坦白地對今天才剛認識，年齡與遭遇都大相逕庭的人說出自己的現狀。

包括受不了在料亭的實習，擅自參加比賽的事。

包括結束在「Zipangu」的工作後，喪失味覺的事。以及目前正在療養的事，全都一五一十地娓娓道來。

說完的時候，高粱春捲已經吃完了，換上葛粉果凍。

明明才剛認識，大家卻都專心地聽他說到最後。

「……可是你已經徹底康復了不是嗎？」

夏露邊沖餐後茶，邊慢條斯理地開口。

「光喝一口高湯就能喝出所有的食材，你果然是擁有專業舌頭的廚師。」

「可是，我到哪裡都派不上用場。」

不管是料亭，還是「Zipangu」，省吾都找不到自己的容身之處。

「我終究只是個邊緣人。」

「不是那樣的。」

省吾苦澀的自嘲被夏露斬釘截鐵地否決掉了。

「你只是還不清楚自己想做什麼。」

夏露用力點頭，朝鮮薊的耳環隨之晃動。

「還有啊，所謂的容身之處根本不需要找，只要你用自己的雙腳腳踏實地地站在人世間，那裡就是你的容身之處，重點是你想站在哪裡。」

夏露把茶分給每一個人，微笑說道。

「有各式各樣的廚師不是很好嗎？有勇於冒險，朝著最頂尖邁進的人、有把料理當成生意來做的人、有像我這種玩票性質的人，也有堅持傳統風味的人。你的前輩說要成為料理界的億萬富翁也沒錯，因為社會上也需要這種人。不過，真正重要的是你自己最想保護的東西是什麼。」

不只省吾，一旁的櫻和嘉妲也都屏氣凝神地聆聽這番話。

「如果是我，比起『Zipangu』和『ASHIZAWA』，更想去你以前待的料亭看看，因為那家店的老闆娘每年藪入都會送你襯衫不是嗎？我認為重視這種傳統的餐廳通常會小心保護代代相傳的風味，不會出錯。」

省吾腦中浮現出藪入送他衣服的老闆娘，以及頑固地煮湯、不肯把這項差事交給任何人代勞的師父。

那裡既沒有標新立異的想法，也沒有爭著出頭的肅殺之氣，只有將代代相傳的美味呈獻給客人的莊嚴氣氛。

啊，對了。

省吾輕輕閉上雙眼。

看到大家在這家店裡各做各的雲淡風輕時，想起的正是只有吧台座位和一些小和室包廂的那家割烹料亭。

餐廳裡有一個人隨意地走進來，坐在吧台前小酌的常客，也有攜家帶眷坐在和室包廂裡享用懷石料理的人。

每個人都打從心裡放鬆地享受美食。

正因為有這種堅持傳統風味，一路走來始終如一的餐廳，才有能在那裡放心吃飯的人不是嗎？

當初只想趕快站在廚房裡做菜，未曾留意到這麼天經地義的真理，如今省吾總算恍然大悟。

省吾靜靜地睜開雙眼。

眼前是Makan Malam的眾人，又在夏露搖著孔雀羽毛扇、宛如女王般的守護下各自回到自己的座位，自在喝茶的模樣。

隔週，省吾久違地走在巢鴨的商店街上。

穿過精神矍鑠的老年人，站在熟悉的門簾前。

拉開拉門，或許因為時間還早，只有師父一個人在廚房裡忙，正在熬煮高湯。

「師父，好久不見了，上次不顧道義地說走就走，真對不起。」

省吾站在師父面前，深深鞠躬。

不知過了多久。

耳邊傳來師父低沉的嗓音。

「或許是我太**一廂情願**了……」

師父的喃喃自語令省吾微微抬頭。

「可是，你還是那麼瘦。」

師父以包容的眼神看著自己。

「要成為出色的廚師也必須要有臂力和體力，這麼瘦的身體無法勝任廚房的工作。我以為讓你用刷子或毛巾到處洗洗擦擦，多少能培養一點體力，但顯然是我太一廂情願了。」

省吾這才明白師父的苦心，淚水模糊了視線。

仔細想想，自省吾入門以來，從未被師父和師兄弟欺負過，即使停下打掃的工作，偷看熬湯的步驟或技巧，師父和師兄弟也從未藏私或要他閃遠一點。

「師父……真的，很對不起……」

省吾深深地彎下腰去，腦袋幾乎抵到膝蓋，求師父再雇用自己一次。

離開夏露的店之後，省吾用自己的腦袋思考了自己到底想做什麼。

自己究竟想成為哪種廚師。

重新這樣問自己的同時，浮上心頭的是小時候，父母吃他做的蛋捲時，吃得津津有味的笑容。

就是這個。

省吾是為了讓許多人展露笑顏才想當廚師的。

所以自己工作的地方必須是能讓人輕鬆享用美食的正經餐廳才行。

容身之處不是別人給的，而是由自己的心決定。

「師父，求求你了。」

師父沉默了好長一段時間。

果然已經沒救了嗎？

正當省吾開始感到絕望，眼前突然出現一包佃煮。

「咦……」

師父粗聲粗氣地對反應不過來的省吾說：

「後天就是盂蘭盆節，可不能讓我們家的員工兩手空空地回家。」

我們家的員工。這句話讓省吾胸口一熱。

「過完盂蘭盆節，你就給我進廚房吧。醜話先說在前頭，還是得從打雜做起。」

「是。」

省吾用力點頭，再抬起頭時，淚水順著臉頰滑落。

「謝謝師父。」

省吾必恭必敬地說。師父手裡拿著那包佃煮，露出難為情的笑容。

「拿去吧，這是你的返鄉禮物。」

第三話

風風火火的湯咖哩

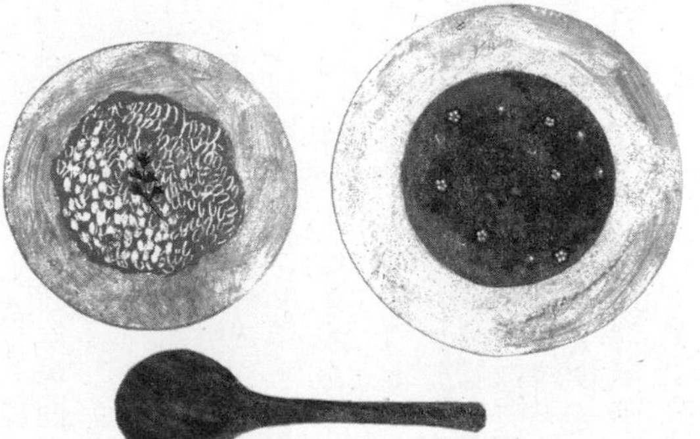

冷風從窗簾縫隙鑽進來。

中園燿子原本邊看文庫本邊喝熱開水，不自覺地擁緊了無袖連身洋裝裸露的雙臂。直到前幾天還是熱到令人受不了的盛夏，一過中元節，氣溫卻突然下降，然後就一直都是季節倒錯，如梅雨季般陰鬱的天氣。

燿子圍上麻料披肩，從沙發上起身，走近通往陽台的窗邊，潮水的氣味撲鼻而來。今日的天空也覆蓋著厚厚的雲，聽不見蟬聲。往年的九月肯定還跟夏天一樣，但今年的九月已走進蕭瑟的秋天。從蓋在海岸線上的摩天大廈二十樓可以看見灰色的東京灣。十四年前結婚，搬進這棟大樓時，也曾對從這裡看出去的景色嘆為觀止。

燿子在老社區出生、長大，後來一個人生活的時候也沒住過這麼高的樓層，驚訝於年紀小自己三歲的老公這麼會賺錢的同時，也以為從此可以擺脫所有的憂鬱。

他那時候還不知道。不知道天氣不好的時候，吹襲高樓層的強風有多可怕；不知道吹進屋子裡的海風會對家具造成多大的傷害；不知道萬一發生大地震，所有的電梯都不能用；不知道這間房子其實並非靠老公賺錢買下，而是公婆送給獨生子的結婚賀禮。

心窩突然湧起一陣淤積已久的熱流，燿子緊緊閉上雙眼。剛才明明還覺得好冷，胸口和額頭卻微微出汗。燿子取下披肩，走出陽台，讓全身沐浴在吸滿潮水的沉重海風裡。

荷爾蒙又失調了，燿子從去年開始就深受時不時出現的熱潮紅所苦。回頭看自己倒映在鏡子裡的模樣。從象牙白的棉質洋裝探出的修長手腳沒有一絲贅肉，腰圍也還很細，垂肩的漆黑髮絲充滿光澤。

自己確實比同年齡層的女人年輕貌美也說不定，每次說出自己的真實年齡，總能引來誇張的驚歎聲。然而，看起來再年輕，唯有身體內部的變化不是自己所能控制，聽說熱潮紅是大腦催促身體分泌女性荷爾蒙時，身體無法因應所引起的一種當機現象。

燿子就快四十七歲了，雖然還沒停經，但也邁入所謂的更年期。

燿子吹著溼溼黏黏的風，凝望陰天下渾濁的海水。起初覺得海闊天空的景色一年比一年縮小範圍，灣岸的開發腳步從不停歇，這幾年附近就多了好幾棟高塔式住宅大樓。今天放眼望去也到處都是起重機，讓人聯想到巨形的長頸鹿，施工噪音日復一日地傳來，從起重機的縫隙看到的東京灣與其說是海洋，更像是灰色的水塘。

要是周圍沒有這些礙眼的建築物，這片海洋永遠都是一片蔚藍的話。

燿子靠在欄杆上做白日夢。

要是耳邊傳來的是南國的鳥鳴與海浪的濤聲，而不是刺耳的工程噪音與車水馬龍的喧囂。

好想逃走。冷不防，內心湧起一股迫切的渴望。好想立刻拋開一切，去哪裡旅行。彷彿是要呼應燿子的想法，厚厚的雲層裡出現一架噴射機，航向羽田機場的噴射機低空掠過，不一會兒，周圍響起噴射氣流的轟然巨響。

逃走吧。燿子凝視著就連航空公司的標誌都清晰可辨的機身，心想。如今真的可以想去哪裡就去哪裡，因為自己就快恢復自由之身了。

但為何就是無法踏出那一步呢？只要跟以前在同一家公司上班的前輩那樣，拎著一個小行李箱，就可以輕鬆地愛去哪裡就去哪裡。

當噴射機隱沒在高塔式住宅大樓後面，燿子輕聲嘆息。

自己終究無法像前輩那樣一請到假就立刻脫掉西裝，直奔機場，跳上有空位的飛機，連要在哪裡過夜都還沒決定就先走再說。每踏出一步，燿子都要想很多。

像是女人獨自旅行真的會開心嗎？

倘若不管預算問題，的確能下榻豪華度假村，但自己承受得了嗎？

承受得了其他人射向已經不算年輕的女人沒有人陪，孤零零地在餐廳吃晚餐、在游泳池畔看書的視線嗎？

自己當真能在充滿好奇、憐憫、輕蔑的眼神中，打從心底放鬆嗎？

一想到這裡，就覺得哪裡也去不了。

心不在焉地吹了好一會兒的海風，燿子終於離開欄杆。熱潮紅已經退了，又開始感到一陣涼意。

關上陽台的窗戶，燿子不自覺地露出自嘲的苦笑。

簡單一句話，自己害怕受傷。

總是這樣。生怕受到傷害，每件事都能拖就拖，不敢自己做任何決定。只敢從周圍給他的選項中選擇看上去最體面的。現在回想起來，燿子從靠推薦甄試考上大學開始就一直是這副德性，連主修也是乖乖聽從指導教授建議的科目。

就算喜歡上誰，也從未主動表示過。就算有更喜歡的人，只要不是打從心底討厭向自己告白的人，就會和向自己告白的人交往。

因為這麼一來，萬一失敗也不會受到重創。自己只是戴著「好孩子」面具，骨子裡其實是個多一事不如少一事的膽小鬼。所以事情變成這樣也無話可說。

燿子回到屋裡，撿起剛才隨手扔下的披肩，望向中島式的大廚房。從壽喜燒或涮涮鍋等鍋類到超大盤的西班牙燉飯，再到道地的全套法國菜，燿了在這裡做過許許多多的料理。

丈夫恭一在廣告公司上班，每到週末都會呼朋引伴來家裡開派對，起初只是單純想向他們炫耀自己的新房，後來是因為光靠夫妻倆大眼瞪小眼熬不過漫長的週末。大而無當的客廳如今仍到處擺放著合成器、木吉他、打擊樂器。

與父母都是有錢人的恭一結婚後，燿子才知道原來含著金湯匙出生的人通常都會玩一些樂器。

看到恭一的朋友們一手端著葡萄酒，靈巧地彈奏樂器或優雅地翩然起舞時，燿子總會陷入複雜的心情。

原來除了汲汲營營的市井小民外，社會上還有一群像他們這種既得利益者。

燿子在朋友婚禮後的續攤聚會上認識恭一，現在已想不起來打出娘胎就屬於特權階級的恭一到底吃錯什麼藥，為何會猛烈追求年紀比他大的自己。

嫁給恭一時，燿子已經三十三歲了。

當時的自己或許還有什麼特別吸引恭一的地方，所以在他心裡還有些地位。

燿子的目光落在放在櫃子上的婚紗照。

就連他也覺得穿著手工訂製婚紗，胸口綴滿迷你玫瑰花蕾絲的自己美極了。

白皙的瓜子臉、雙眼皮、大眼睛、充滿光澤的黑髮。

年輕時，燿子的美貌經常被拿來與女明星相提並論。

而且燿子也不是只有美貌的女人。

儘管他採取的是從別人給的選項裡盡可能選擇不會出錯的答案這種消極的生存之道，但燿子總是能從中展現傲人的成果。

雖然個性不夠積極，但燿子至少認真，而且優秀。

就像靠推薦甄試考上的大學，他也被選為交換學生，去加拿大的多倫多留學過一年。大學畢業後，在教授的介紹下進入大型證券公司，原本是業務助理，進公司第三年因為受到男女雇用機會均等法的推波助瀾，調到國外證券部。光是這樣就已經是前所未有的拔擢了，再加上美國後來吹起一陣稱為dot-com bubble的ＩＴ泡沫，主管看上燿子的英文能力，派他去紐約分行工作。

人美又優秀是燿子給人的印象。當ＩＴ泡沫爆掉，燿子回到日本時，已經三十歲了。從那個時候開始，燿子知道自己給人的印象還得再加上「敗犬」這個關鍵字。

拜某位女性作家的散文所賜，人長得再漂亮、工作能力再好，只要年過三十還沒嫁人、沒生小孩，就會被貼上「敗犬」的標籤。當時這股風潮席捲整個日本。仔細看過那篇文章，不難發現作者是故意用「敗犬」這兩個字來表達對自立自強的女性的支持與尊敬，但當時的社會就只採用字面上的意思，將其視為貶義詞。

換句話說，一旦過了三十歲的分水嶺，燿子的地位就從人人稱羨的高嶺之花變成被人瞧不起的「敗犬」。

然而，若問他是不是因為這樣才答應恭一的求婚，倒也不是。

是因為自己那個時候又想逃走了。

當時燿子受到有生以來最大的打擊，每次回想起來，還是會感到撕心裂肺的痛楚。為了不被難以承受的衝擊毀滅，燿子逃進婚姻裡。

結婚是人生大事，不得草率，但燿子不惜結婚也要逃離眼前的衝擊。

說穿了，自己只是又抓住眼前看起來比較體面的選項。

燿子在結婚的同時也辭職了，成為全職的家庭主婦。包括家人在內，所有人都羨慕燿子能釣到金龜婿，沒有人惋惜他的工作資歷。

比起被選為交換學生、被派到紐約分公司，反而是穿上白紗時更讓父母流下喜悅的淚水。

因此燿子也說服自己這樣就好了。

他對自己的適應力和懂得抓重點的能力還是有幾分自信，如同在學校或職場上，這次肯定也能一帆風順。

肯定能和雖然有點輕佻，但出手闊綽又愛撒嬌的恭一建立一個美滿的家庭。

還有——

隨著時間過去，他肯定能忘了那份痛楚。

起初是這麼想的。

結果到底是先發現家裡很有錢，體貼又年輕的老公只是毫無抗壓性的富二代，還是先感覺到風景很漂亮的灣岸大樓住起來一點也不舒服呢。

要是有孩子或許還會有點不同，但燿子始終沒有懷孕。

結婚幾年後，除了在家裡開派對的日子，恭一幾乎不回家。從那個時候開始，恭一的襯衫開始飄著其他女人的香水味，有時是柑橘系的味道，有時是花香味。

燿子其實並不怎麼介意沒有孩子的事實，但恭一卻以此為由，毫不遮掩自己在外面玩女人的事。

只有一次，他曾經委婉地提醒過恭一，恭一卻暗示說自己都沒有嫌他生不出孩子來了，希望他也不要小題大作。燿子不禁錯愕。

他的口氣彷彿是說燿子有什麼缺陷。

燿子本身倒沒有那麼想要小孩，萬一是一心盼著要有孩子的女人聽到這種話，不知會受到多大的傷害。意識到恭一幼稚得就連這種事也想不到時，原本對丈夫就不是很篤定的愛情一口氣降至冰點。

開始分房睡後，恭一明目張膽地邀請自己的外遇對象參加家庭聚會，從香水味就能分辨得一清二楚，但燿子一點也不在乎。

之所以到現在還沒離婚，是因為他連離婚都懶。

哀莫大於心死的燿子拿著額度無上限的副卡去努力保養、學才藝，亦即所謂的投資自己。

付了昂貴的學費學長笛、參加由高級餐廳主辦的烹飪課，出手之闊綽，完全不比金字塔頂端的人遜色。

然後在家庭聚會上露一手從那裡學到的精湛廚藝，藉此換來「完美的賢內助」、「理想的美麗人妻」這種華而不實的評價。

仔細想想，這種婚姻生活真虧他能撐上十四年。

視線離開婚紗照，燿子窩回沙發，把已經涼透的白開水放在邊桌，抱著膝蓋坐在沙發上。

可是，這樣的生活也要結束了。

恭一向燿子提出離婚的要求。

不知是第幾個情婦懷了他的小孩，迫使優柔寡斷的恭一終於下定決心要離開那個，對他拈花惹草的事不聞不問、家事做得無懈可擊、對公婆也照顧有加、不管是大樓的管理委員會，還是社區的交流這些枝微末節的麻煩事全都一手包辦、從某個角度來說算是非常好使喚的妻子。

因為愛情早已冷卻，燿子並不傷心，只要能拿到可觀的贍養費就行了。

雖然婚姻失敗了，但那不是自己的錯。

因為——

這次的傷比那次輕多了。

燿子靠著沙發伸了個懶腰，又開始看書。

偌大的窗外可以看到皇居的壕溝與綠意。

紫檀木令人身心安頓的芳香蒸氣從擺放在房間各角落的薰香儀裊裊上升。

這天，燿子在外資飯店的某個房間參加阿育吠陀的講座。

阿育吠陀是梵文「生命科學」的意思，日本人對阿育吠陀的印象主要還停留在民俗療法，但是在印度可是不折不扣的醫學，還有專門研究這個學問的大學。

燿子受到住在同一棟大樓的主婦邀請，從上個月開始參加講座，白天開始喝熱水也是因為阿育吠陀認為熱水具有排除老廢物質的作用。

儘管十堂課就等於自己過去一個月的薪水，但是在五星級飯店宴會廳舉行的阿育吠陀講座依舊每年都很搶手，這次多虧在大樓管委會擔任會長的相澤圭伊子幫忙，才讓他擠進特別抽選的名額。

聚集在那裡的都是些有錢又有閒，非常注重保養及對抗歲月痕跡的貴婦們，妝容、髮型、服裝全都無懈可擊，從身上戴的首飾、手裡拿的皮包，都可以看出個個家世出眾。

其中又以穿著印花洋裝，坐在講師正前方的圭伊子散發出震懾人心的存在感。

圭伊子住在整棟大樓最尊爵不凡的頂樓海景房，是這群閒得發慌的有錢主婦的核心人物。

燿子不動聲色地揚起視線，看著圭伊子鬈髮披肩的背影。

自認出生於泡沫世代的圭伊子早已年過五十，謠傳動了拉皮手術的輪廓絲毫不見這個年紀應有的鬆弛下垂，可惜背影是面殘酷的照妖鏡，背後一坨坨的贅肉怎麼看都是中年的身材。

比起不自然的美貌，燿子更在乎如何維持體型，檢查麻料長褲沒有擠出一絲贅肉後，放下心中大石，同時也覺得在乎這種事的自己簡直無聊透頂，輕輕抿緊脣瓣。

燿子發揮在上班族時代鍛鍊出來的八面玲瓏，與總是圍著圭伊子打轉的主婦保持適當的距離，他可不想加入每次一有名牌新產品上市，就前呼後擁去表參道的精品店展現財力的行腳集團。

然而，這次一聽是流傳於古印度的古典醫學——阿育吠陀的講座就心動了，再加上約他的又是在大樓委員會認識的太太裡比較談得來的隅田英惠。

英惠原本在銀行上班，與燿子同樣都是待過金融機構的人，所以兩人很快就混熟了。

『我跟你不一樣，只坐過櫃台。』

英惠謙虛地說，但是他跟那些端著上流社會的架子，擺明附庸風雅的人不同，是少數燿子可以不用拐彎抹角講話的人。

但英惠今天沒來參加講座，可能身體不舒服吧。

燿子看了皮包裡的手機一眼，想著待會兒打通電話給他。

「那麼，請翻開下一頁。」

燿子他們今天上的是稱為「Dosha」，關於生命能量的課程。

「夏天到秋天是火氣旺盛的季節。」

與他們同年齡，每年都去印度接受培訓的女性講師以平穩的聲線繼續說明。燿子邊做筆記，邊把講義翻到下一頁。

Dosha指的是象徵風的Vata、象徵火的Pitta、象徵水的Kapha這三種生命能量。

根據阿育吠陀的思想，人類的身心皆由這三種生命能量構成。也就是說，最理想的身心狀態是風、火、水這三種生命能量取得平衡的狀態。

在第一次的講座上，講師問了燿子他們許多問題，分析他們的體質是以哪種生命能量為主。問題從身體的特徵到性格、嗜好、行動、生理現象，最後還由從印度重金禮聘過來的阿育吠陀大師為他們把脈，非常認真。

問診的結果，燿子屬於體內比較多風和火的Vata・Pitta體質。風具有輕盈善變的特質，火具有狂熱及敏銳的特質，水具有冷靜、穩重的特質。看到寫得鉅細靡遺的診斷書，燿子心想原來自己的適應力是從風來的，用功及一板一眼的態度是從火來的，也落寞地認清自己欠缺的正是融合一切，並持之以恆的水之穩重。

所以自己再怎麼八面玲瓏，交出還算漂亮的成績單，也無法真正安身立命。腦海中突然浮現恭一昨晚也三更半夜才回家的臉。心情頓時變得好沉重。

愛面子的恭一無論如何都希望別人認為他們離婚是和平分手，所以昨晚提了一個莫名其妙的點子，說要舉行「離婚典禮」。大概是不想留下離婚是因為他把情婦肚子搞大的話柄。想起夫妻感情明明已經冷到不行，恭一還每週辦家庭聚會的虛偽笑臉，燿子恨得咬牙切齒。

恭一貌似長袖善舞，但是敲掉外層的偽裝，骨子裡就只是心存僥倖的膽小鬼。

『不用搞得那麼正式，也不用請父母親戚出席，只要邀請朋友來參加就行了。事實上，我們也沒有撕破臉，一直到最後都很圓滿不是嗎？』

回想恭一厚顏無恥地講出這種沒良心的話，燿子內心燃起一把熊熊怒火。

才不圓滿。之所以沒撕破臉，只是因為他不想為這種男人浪費情緒。不過追根究柢，還不是因為自己太沒志氣，才會選擇「這種男人」當自己的歸宿。燿子想到這裡不禁黯然。

說穿了，自己也跟恭一一樣，都是心存僥倖的膽小鬼。

「火氣比較旺的人，尤其是Vata・Pitta體質的人，這段期間更要多加留意。」

講師的叮嚀把燿子拉回現實。

「火氣過多是造成燥熱、頭痛的原因，如果太嚴重，還會引發出血性的疾病。」

去年熱潮紅最嚴重的時期正是像現在這種暑氣未消的季節，自己的身體此刻恐怕也蓄積了過多的火。

覺得喉嚨有點渴，燿子喝了口水壺裡的熱水。

「憤怒與悲傷是導致火氣增加最大的原因，火氣一旦過剩，就更容易憤怒、悲傷，陷入惡性循環。」

燿子腦海中浮現出乾燥的風助長火勢，火舌吞噬整片沙漠的景象。

「為了讓火氣鎮靜下來，首先要丟掉憤怒、悲傷、恐懼。除此之外，少吃會引起噁心反胃的油膩食物、酒、太腥的魚、太酸的水果等等也是一種方法。」

丟掉憤怒、悲傷、恐懼——

燿子記下講師建議的抑制火氣的方法，內心覺得知易行難。

「中國太太。」

長達兩個小時的講座結束後，燿子被圭伊子叫住，問他要不要一起去大廳的酒吧喝杯茶。換作平常，燿子一定會委婉拒絕，但今天不知怎麼地，不想一個人回家。

也或許是一時被圭伊子總是率領著大家的Kapha水象特質迷住了，先丟出「如果不會太久的話就無妨」的但書，與大樓管委會的太太一起搭電梯。

可是一旦與全身上下都是名牌，活像從女性雜誌走出來的貴婦們圍著同一張桌子就坐，燿子立刻覺得渾身不對勁。

燿子氣質出眾，長得也不差，可畢竟來自一般小康家庭，始終無法融入這種毫無社會經驗，只在父母開的公司上過班的天生「少奶奶」集團。

燿子悄悄看了七嘴八舌的貴婦們一圈，心想要是英惠也在就好了。

圭伊子旁邊是最近才搬到「灣景第一排」，大樓管委會裡最年輕的平川更紗。聽說才二十出頭的更紗穿著針織衫，大膽地露出雙肩。

更紗以前好像是模特兒，手腳瘦瘦的，唯有胸部大得很不自然。

圭伊子與更紗的年紀差到可以當母女了，乍看之下聊得十分投契。

可是一路聽下來，燿子隱隱聽出他們的對話暗藏火藥味。

圭伊子靠埋線拉提和注射玻尿酸維持緊繃的笑臉本來就不太自然，但對話中不時閃過的抽動顯然不只是因為這個原因。

儘管四周幾乎都是四十歲以上的富太太，更紗卻毫無懼色，假裝一臉無辜，字字句句卻擺明是在挑釁圭伊子。

圭伊子每次都會倏地瞇細雙眼，撇一撇塗成大紅色的嘴唇。

「中園太太好漂亮啊，皮膚沒有半點暗沉，是不是有在喝傳明酸或維生素A和C？」

更紗的矛頭突然從圭伊子身上轉向自己，燿子一口氣噎住。

包括圭伊子在內，所有人都看著自己。

「沒有，頂多就是頻繁地擦防曬，倒也沒特別保養……」

「又來了！」

燿子都還沒說完，更紗就大聲嚷嚷。

「愈是漂亮的人愈會掛在嘴上的『什麼也沒做』攻擊！」

更紗擊掌大笑，然後「可是啊……」地打量所有人。

「注射玻尿酸或肉毒桿菌好像也很辛苦呢，聽說要一直進廠維修，否則很快就會打回原形。我還聽說一旦開始施打玻尿酸或肉毒桿菌，就得一直增加劑量，最後打到整張臉都變形了！」

更紗抱著雙臂大喊「好可怕」，一旁的圭伊子露出猙獰的表情。除了他以外，還有幾個臉上應該也動過手腳的貴婦交換著不悅的眼神。

燿子低下頭，喝著一杯要價將近兩千圓的茶。早知道會因為輸給不想一個人的寂寞而被捲入這場風波，還不如一個人回家，至少能落個耳根清靜。

不一會兒，自顧自講得很高興的更紗去上廁所，掃興的氣氛在富太太間蔓延開來。

「真不好意思。」

圭伊子以充滿王者風範的語氣向他道歉，燿子連忙搖頭。

「那孩子和老公相差二十歲，簡直是一對父女，上次在梯廳擦身而過的時候嚇了我一大跳。」

圭伊子的冷笑引來追隨者的附和。

「他是成功的老男人用來顯示社會地位的花瓶嫩妻，聽說他老公離過兩次婚，不曉得這次能撐多久。」
「說什麼以前是當模特兒的，不就是寫真女星嗎？」
「一開口說話，沒教養的本質就藏不住了……」
不懷好意的嘲諷竊笑還在繼續。
「對了，中園太太。」
圭伊子的話鋒轉向燿子，害他嚇出一身冷汗。
「隅田太太的事，你聽說了嗎？」
「咦……」
燿子完全不明白圭伊子所問何事。
英惠出了什麼事。
「隅田太太怎麼了嗎？」
燿子反問，圭伊子臉上露出問錯人了的表情。
「隅田太太好像不參加講座了。」
坐在燿子隔壁的貴婦替圭伊子回答。
「聽說他老公的公司出了點問題，最近就要搬出去了。」
貴婦在他耳邊低語，燿子不由得瞪大了雙眼。
「枉費中園太太和隅田太太走得那麼近。」
燿子沒錯過圭伊子脫口而出的這句話。
所以他才約自己喝茶嗎？

「枉費圭伊子太太大費周章地幫他保留了熱門講座的特別抽選名額。」

旁邊的貴婦聳聳肩說，感覺就跟哈巴狗沒兩樣。

「對了，隅田太太住的本來就是靠山那邊。」

靠山那邊——意思是指灣岸高塔式住宅大樓最低層又沒有景觀的住戶。

「抱歉，我什麼都不知道。」

燿子擠出笑容應付，內心卻不知道自己是在為什麼事道歉。

「我和隅田太太本來就不太聊彼此生活上的事。」

燿子扯著藉口，痛恨自己的卑躬屈膝。

「那你們都……」

圭伊子脫口而出，忽又打住，大概是想問他「那你們平常都聊些什麼」。

燿子不禁感到氣悶，心窩周圍湧起不舒服的熱浪。

就算是水象特質，這些人搞在一起，也只會變成黏答答、沉甸甸的渾濁髒水。

謠言、嫉妒、炫耀……這些夾纏不清的東西相互捆綁。

「抱歉，我去一下洗手間。」

燿子再也坐不住，拿開蓋在膝上的餐巾站起來。胸口滲出汗水，頭真的好暈。

衝出咖啡座，走向洗手間，在梯廳的角落看到一個人影。

更紗踩著細細的高跟鞋，一瞬也不瞬地俯視窗台外的壕溝。

迷你裙底下的修長雙腿洋溢著青春無敵的水嫩氣息，那是圭伊子及其他貴婦花再多錢、再怎麼仔細保養也比不上的。

那是就連燿子本人也已經失去的青春，然而，更紗獨自佇立的側臉看起來好孤獨。才二十出頭就住在高塔式住宅大樓最頂級的房間，必須輸人不輸陣地與年紀幾乎大自己一倍的鄰居太太周旋，對更紗而言或許是相當沉重的壓力也說不定。

那一瞬間，燿子有點同情那抹無依無靠的身影。

或許是察覺到有人盯著自己削瘦的肩膀看，更紗抬起頭來，發現是燿子時，立刻換上嬉皮笑臉的表情。

「咦？中園太太，怎麼啦。」

「我也要去洗手間。」

燿子指著洗手間的門。

「少來了，你該不會是跑來這裡避難吧。」

彷彿為了掩飾剛才的孤獨，更紗挑起一邊的眉毛說。

「圭伊子太太超想打聽今天沒來的隅田太太的『家務事』，而且想知道得不得了對吧？既然如此，直接問就好了，偏又要假清高，真是太可怕了。那群人最喜歡在背後偷偷摸摸地製造謠言了，我一離開座位，不曉得要被批評成什麼樣了。」

更紗輕浮地丟下這句，閉上嘴巴。

看樣子，更紗也知道圭伊子他們私底下是怎麼批評他的。

察覺到更紗對自己發出求救信號的目光，但燿子一句話也說不出來。

見燿子沉默不語，更紗再度開口。

「不過，中園太太怎麼會想參加講座呢？」

更紗似乎只是單純地感到好奇，平常刻意與大家保持距離的燿子為什麼唯獨這次加入了這群人的行列。

「因為我本來就對中藥、香草、阿育吠陀這種民俗療法的東西感興趣。」

更紗抱著胳膊，「嗯哼……」地念念有詞。

「這麼說來，中園太太很會做菜呢。」

「沒有到很會的地步啦。」

「少來了。每逢週末，你老公都呼朋引伴地在家裡開派對不是嗎？這麼一來不就可以在家大顯身手，露一手在這裡學會的料理嗎？」

被更紗這麼一問，燿子自己也搞不清楚。

如果是色香味俱全的食物也就罷了，但他從未想過要在家庭聚餐的時候烹調真正對身體好的料理。

「平川太太會做菜嗎？」

燿子反問，藉此改變話題。

「我？」

更紗雙眼圓睜。

「怎麼可能，我從不做家事。」

更紗滿不在乎地揮揮手笑著回答，指尖長長的假指甲證明他所言非虛。

「那你為什麼要來參加講座？」

燿子接著追問，更紗突然噤口不言。

剛才開朗的表情彷彿騙人似地暗了下來。

「啊，不過阿育吠陀也不是只有料理。」

留意到更紗的樣子有點不太尋常，燿子連忙改口。

「只要學會理論，就能運用在各個方面……」

沒想到更紗卻以強硬的口吻打斷燿子的打圓場。

「對貌合神離的夫婦也有效嗎？」

燿子感覺直到剛才都還熱得彷彿有火在燒的臉頰唰地褪盡血色。

更紗晦暗的眼神中，蠢動著殘酷的敵意。

那一剎那，燿子與更紗相對無言地瞪著對方。

只不過，這些都只發生在一瞬間。

「開玩笑的！」

更紗嬉皮笑臉地扯著嗓門說。

「騙你的啦！騙你的。中園太太家的夫妻感情太好了，所以才會遭人嫉妒。討厭啦，不要不說話嘛！」

更紗輕佻地拍拍燿子的肩膀。

「我先回去了，要是兩個人都不回去的話，可能又要引起不必要的猜測了。」

更紗丟下這句話，翩然轉身，高跟鞋漸行漸遠的聲音從燿子背後傳來。

年輕的更紗心裡在想什麼，燿子無從知曉。是燿子假裝沒看見他尋求庇護的眼神。

他只知道一件事。

貌合神離的夫婦——

原來他們私底下是這麼說自己的。

這也難怪。

幾乎每週都在家裡開派對，恭一卻從未出席過大樓管理委員會的會議，也沒參加過左鄰右舍的聚會。

夫妻倆單獨外出的機會也少得可憐，或許周圍的人都在偷偷觀察也未可知。

燿子調整呼吸，推開洗手間的門。

在明亮的燈光下用冷水洗手，冷不防看到鏡子裡的自己，表情緊繃到令他一口氣哽在喉嚨裡。用指腹推開眉宇間的結，勉強自己提起嘴角。

沒問題，自己還很美。跟那些閒到只能以挖掘別人的不幸來打發時間的貴婦不同。自己曾經是大企業的紐約特派員。然而，擠出牽強笑容的蒼白容顏看起來好像真的戴了面具。

彷彿要燒盡整片乾燥荒野的幽暗火焰，在燿子的凝眸深處明明滅滅。

答應舉行離婚典禮吧。燿子唐突地下定決心。

答應老公荒唐的計畫，也把圭伊子和更紗那群大樓裡的住戶全部叫來，舉行盛大的儀式。

在那種場合，不需要讓任何人看到自己真實的表情。

就讓他戴著面具直到最後一刻。

隔週，燿子獨自在郊外的車站下車。他已經很久沒來這裡了，以前明明還是窮鄉僻壤，自從新線的快車在此停靠後，車站前的建設突然一日千里。就連這種荒郊野外也蓋了跟灣岸一樣的高塔式住宅大樓，令燿子大吃一驚。燿子走向與發展得十分迅速的南口反方向的剪票口。

走出北口，眼前是一條傳統的商店街。燿子撐著陽傘，從門口擺滿紙箱的超市前走過。明明這幾天一直是陰沉沉的天氣，今天卻一早就熱得不得了。

沉潛多時的蟬彷彿逮到機會似地開始引吭高歌，其中絕大部分是俗稱殘暑蟬的寒蟬。走在放眼望去幾乎都拉下鐵門的沒落商店街上，一家大型補習班映入眼簾。以前來的時候，對面還有店家的說。

燿子照昨晚收到的新址地圖前進。繼續再往前走一段路，來到商店街外圍，前方只有老舊的獨棟房子和中層的木造公寓。

這種地方真的有店嗎？燿子心裡有些忐忑，但自己應該不至於看錯地圖，只好半信半疑地踏進羊腸小徑。細細的鞋跟陷入沒鋪上柏油的石子路，燿子小心翼翼地在羊腸小徑上前進，提防著不要摔倒。

有個粉紅色的東西在視線前方飄揚。燿子摘下遮擋紫外線的太陽眼鏡，定睛一看，殺風景的巷子裡有一排秋櫻的盆栽，秋櫻在悶熱的暑氣裡伸直柔弱的腰桿。

被秋櫻吸引著往前走，只見巷子盡頭出現一棟有如古民家的獨棟房子，中庭有棵挺拔的大花山茱萸。

看到掛在大花山茱萸樹枝上的招牌，燿子放下懸在心裡的石頭。

『舞蹈用品專賣店　夏露』

招牌跟以前一模一樣。

印有大朵百合花的小禮服、縫上一大堆珠子的小可愛、沉甸甸的棉製天鵝絨長裙……

陳列在中庭裡的華麗禮服也跟以前一模一樣。

燿子從皮包裡掏出小手鏡，迅速整理一下服裝儀容，雖說時常通信保持聯絡，但距離上次直接見面已經是很久以前的事了。

絕不能在那個人眼中留下任何歲月的痕跡。

燿子重新補好口紅，按下門鈴。

「來了——」

屋裡傳來低沉的應門聲。

接著是昂首闊步踩在走廊上的腳步聲，沉重的大門應聲而開。

明明已經做好心理準備了，但是看到出現在門口的人物，燿子內心還是掀起滔天巨浪。

讓人聯想到剛才那些秋櫻的粉紅色鮑伯頭假髮、活像用蠟筆畫的眼線、塗成大紅色的嘴唇。

然而，塗上再厚的脂粉，都無法掩飾脂粉底下的陽剛氣質。

「燿子，好久不見了，好高興能再見到你。」

門裡是身高超過一百八十公分，男扮女裝的巨人——變裝皇后夏露肌肉賁起的軀體上罩著苔綠色禮服，落落大方地站在他面前。

「夏露，好久不見。」

燿子努力擠出平靜的笑容，不讓對方發現自己的動搖。

「你一點都沒變，還是這麼漂亮。來，請進。」

夏露笑瞇了眼，招呼燿子進屋。

踩著鋪著陳舊木板的走廊，被帶進裡面的房間。房裡擺放著看起來很舒服的單人座沙發和籐椅、竹桌。

喧鬧的浩室音樂與氣氛悠閒的家具成對比。

有個身穿水藍色制服、剃平頭的年輕男人坐在後面的吧台座位隨節奏搖擺，好像在吃東西。

「喂，嘉妲，客人來了，音樂關小聲一點。」

「好——」

男人聽見夏露的指示，回過頭來，嘴裡還含著湯匙。

「哇，真是個大美人！」

看到摘下太陽眼鏡的燿子，被夏露稱為嘉妲的男人看得兩眼發直。

「你是誰？該不會是女明星吧？」

男人眼神兇惡，揮舞著湯匙，咄咄逼人地朝他逼近，嚇得燿子忍不住後退。

「住口，不准你嚇客人。」

說時遲那時快，夏露從背後用力地拍了平頭男的後腦勺一下，男人結結實實地挨了一掌，「好痛啊！」地慘叫蹲下。

「來，燿子，坐靠窗的位置吧，我去泡茶。」

看也不看痛得眼泛淚光的平頭男一眼，夏露踩著優雅的腳步消失在吧台後面。

燿子戰戰兢兢地坐在設置於窗邊的單人座沙發，緊貼著肌膚的觸感十分舒適，讓他一口氣放鬆了戒備。

窗外是大花山茱萸明媚耀眼的綠意，寒蟬聚集在樹枝上，「唧唧可惜，極其可惜」地扯著大嗓門哀嘆，捨不得逐漸遠離的夏天。

住在高樓層的燿子已經很久不曾體會過這種貼近地面的安全感了。

「借問一下。」

突然有人對他說話，燿子揚起視線。

平頭男調低浩室音樂的音量，抱著胳膊，站在燿子跟前。

「你跟大姊是什麼關係？」

「……我們很早就認識了。」

「很早是多早？」

審犯人的口吻令燿子不願回答。

「嘉姐，就是這個。」

這時，夏露捧著裝有馬克杯的托盤回來了。

「你問問題的語氣就不能再客氣一點嗎？」

夏露將馬克杯遞給燿子，同時也教訓了那個男人。

「可是人家很好奇嘛！」

「燿子是這家舞蹈用品專賣店成立初期的第一位大客戶喔。」

夏露從吧台底下拿出以前的型錄。

「那時候你還沒來，燿子向我訂製了婚紗。」

「是噢，你還留著那麼久以前的型錄喔？」

平頭男一頁頁地翻看，發出驚若天人的讚歎。

「哇！好美！」

型錄中是燿子十四年前身穿雪白婚紗，胸口綴滿迷你玫瑰花蕾絲的照片。

「當時還不像現在有固定的客源，我心裡也七上八下的，可就在那個時候，燿子託我製作婚紗，我真的好開心。」

夏露懷念地瞇起雙眼。

燿子不發一語地注視著自己十四年前的模樣，雖說沒什麼改變，但是像這樣兩相對照之下，還是得承認自己果然上了年紀。

當年的自己宛如盛開的薔薇，是以什麼樣的心情面對相機呢？從緊閉著櫻花色唇瓣的白皙臉上看不出一點情緒。

「因為做出這件婚紗，我終於有了自信，後來開始培養出固定的客人，訂單也增加了，才有餘力請你們幫忙。」

「是噢，所以說，要是沒有燿子姊，我就不會被雇用嘍。」

自己什麼時候變成「燿子姊」了，燿子一頭霧水。

「燿子，這傢伙是我的妹子，也是我的小幫手嘉姐。」

「現在是戴上面具，在世上混口飯吃的快遞員。」

夏露的介紹讓嘉妲害臊地摸了摸平頭。

所謂戴上面具也就是說，這個男的也跟夏露一樣，是平常會換上禮服的變裝皇后嘍。

「嘉妲原本是不良少年，所以會莫名其妙地給別人下馬威，請多包涵。」

「大姊，幹麼這樣揭穿人家的黑歷史啦。」

「怎麼，那是黑歷史嗎？」

「討厭啦，這還用問嗎？」

夏露與嘉妲你一言、我一語地拌嘴，逼得燿子壓下內心深處的感慨。

難得來一趟。

希望能在這裡盡可能做回最自然的自己。

更何況，自己最近已經很久沒有像夏露他們那樣天南地北地瞎扯淡了。

比起總是會以互相試探、互相牽制、互相比較為前提的交往，兩位變裝皇后的推心置腹更令人羨慕。

燿子後知後覺地發現自己承受了太多不必要的壓力。

也難怪更紗年紀輕輕，卻在那群以挑剔別人的錯處來打發時間的貴婦集團裡表現出不必要的攻擊性。

『對貌合神離的夫婦也有效嗎？』

更紗冷漠的聲音迴盪在耳邊，燿子悄悄地垂下視線。

「所以這次要訂作什麼？難不成是結婚十週年的禮服？要打扮得漂漂亮亮地讓老

公驚豔嗎？真是太令人嫉妒了。」
嘉妲語帶調侃地說。
「不是，我下個月要離婚了，我是來做離婚典禮要穿的禮服。」
燿子雲淡風輕地回答，因為這件事其實並未傷到燿子分毫。
可是。
那一瞬間，血色唰的一聲從嘉妲臉上褪盡。嘉妲還擺著詭異的姿勢，就這麼停格在當場。
「我我我……我該不會……踩、踩踩踩、踩到地雷了吧。」
嘉妲臉色鐵青地開始冒冷汗。
反而是燿子有點同情他的狼狽。
「不要緊，我並不在意。」
「對、對對對、對不起……！」
嘉妲急得尾音分岔，深深地低頭賠不是。
「大姊，我吃飽了。我還要送貨，先走一步了！」
嘉妲從屁股後面的口袋裡拿出帽子戴上，踩著倉皇失措的腳步奪門而出。
「哎呀呀，真是個冒冒失失的孩子。」
就連收起型錄的夏露也看得目瞪口呆。
「不好意思啊，那孩子只是情緒起伏有點劇烈，絕不是壞孩子。」
「沒關係……」

燿子搖頭。

比起聽到別人的不幸就像蜜蜂見了蜜的人，嘉妲會因此覺得抱歉的直率反應更討人喜歡。

「可是燿子，你真的沒事嗎？」

夏露早已透過電子郵件了解整件事的來龍去脈，仍憂心地看著燿子。

「沒事，我們是和平分手，所以才打算邀請朋友來好好地舉辦一場離婚典禮。」

燿子的語尾有點飄。事到如今，他對離婚這件事本身是真的沒有感覺，只是不喜歡在夏露面前說出這種話的自己。

曾幾何時，戴了太久的面具黏住皮膚，已經剝不下來了。

夏露一聲不響地看著燿子，然後一股腦兒地站了起來。

「那我們來量尺寸吧。」

「好。」

燿子在夏露的簇擁下走進後面的針線室。

針線室裡有許多縫製到一半的禮服掛在人體模特兒上，用金絲銀線在深紅色的天鵝絨上描繪出豪華刺繡的民族風禮服吸引住燿子的目光，袖口及絲巾邊緣的金色緣飾也美得難以形容。

除此之外，還琳琅滿目地陳列著直接以緣飾製成的項鍊及耳環。

「這個好好看啊。」

燿子拿起織入珍珠色亮片的編織作品仔細端詳。亮片在編織成波浪狀的絲線前端擺盪，閃閃發光。

「這是土耳其的傳統工藝，叫作土耳其蕾絲，用針與細線編織而成，據說是融合了刺繡與蕾絲編織技術的手工藝，藉由用不同顏色的線來編織或釘上珠子和亮片，可以製造出無數的變化，是我最近的主力商品。」

夏露一面手腳俐落地為燿子量身，一面說明。

「原本是穆斯林女性用來為絲巾的邊緣增添光采，後來繼續被發揚光大。還不僅如此喔，不同顏色或形狀的土耳其蕾絲各自代表不同的意義。大概是女性在大家族制度下無法隨心所欲地表達自己的意見，所以就把訊息織進土耳其蕾絲裡，藉此讓別人了解自己的心情。」

據夏露所說，土耳其蕾絲不只是單純的手工藝，從鄂圖曼土耳其時代就以代表「女性的語言」發展至今。

編織成花朵、果實、蝴蝶的形狀，每個色彩繽紛的花樣都代表著不同的意義。

燿子懷想古代的穆斯林女性把無法說出口的感情寄託於一針一線的心情。

「量好了。你好厲害啊，燿子。體型幾乎跟十四年前一模一樣耶，幸好我還留著以前的紙型。」

夏露眉開眼笑地拿出以前的紙型。

「燿子身上完全沒有歲月的痕跡呢。」

「才沒有這回事，我下個月就四十七了。」

「那又怎樣，我都已經五十了。活了半個世紀，聽起來真了不起。」

夏露搔首弄姿地說。

但燿子心裡清楚，這個人是經歷過一場大病才變成現在的模樣。對夏露而言，老去無疑是人生一大幸事，一點也不可怕。

「夏露。」

燿子的目光停留在藤蔓花紋的土耳其蕾絲上，輕聲問道。

「我這次的禮服也可以加上土耳其蕾絲嗎？」

「當然可以啊，我也正想推薦給你呢。胸口和裙襬用土耳其蕾絲裝飾的話，肯定能做成充滿異國風味的精緻禮服。」

夏露臉上滿是笑意。

「我讓你看一下土耳其蕾絲的花樣樣本，種類多到不行，光欣賞都很開心。你邊喝茶，慢慢選擇要用哪種顏色和花樣。」

夏露帶燿子回到面向中庭的房間。

夏露拿來的樣本厚得跟字典沒兩樣。翻開有如磚頭書的封面，每頁密密麻麻地印有多達五百八十五種花樣。

從番紅花、康乃馨、玫瑰、大理菊等花卉到兔子、火雞、駝鳥、老鼠等動物，再到銀河、太陽、星星、月亮等天象類的花樣應有盡有，其中甚至還有險峻的岩石路、牛的小便、蚊子等難以分類的花樣。

如果要一個一個細看，感覺有多少時間都不夠用。

悄悄窺探，夏露也同樣在吧台專心地閱讀燿子帶來送給他的阿育吠陀教材。

視線筆直地落在書上，側臉流露出中年男子的精悍。

燿子在他身上看到似曾相識的影子，無法將目光從他身上移開。

就在這一刻，兩人的視線交會了。

「燿子，這本書好有趣！」

夏露心無城府地說。

「我就知道你一定會喜歡。」

燿子回以柔柔的微笑，不讓對方看出自己的動搖。

「你目前正在上這門課吧？果然還是那麼熱愛學習。」

「沒有……」

燿子對夏露的讚美支吾其詞。

講座本身很有趣，但說到底不過是有錢貴婦打發時間的工具。

「講座是真的很有趣，但是在日本無法取得阿育吠陀的國家資格。」

「是嘛，可是我認為只要能在補充及替代醫學的領域充分發揮這方面的理論和知識就好了，尤其是這種分析自己體質的表格特別好，身材高、胸板厚的人……」

夏露念出幾個項目。

「我好像是火和水比較多，屬於Pitta．Kapha體質。」

水加熱就變成熱水，感覺火與水的特質十分符合夏露總是泡好喝的茶給大家喝的形象。

「對了，燿子是哪一種體質？」

「我是風加火。」

「風很輕盈，懂得臨機應變呢。」

夏露頻頻點頭，視線又回到書上。

燿子壓下一時湧上心頭的似曾相識感，將散發肉桂香味的香料茶湊到嘴邊。

拜茶的放鬆效果所賜，燿子將注意力集中在土耳其蕾絲多彩多姿的世界裡。土耳其蕾絲有各式各樣的手法，例如用縫針編織的iğneoya、用鉤針編織的tığoya、編入珠子的Boncuk Oya等等，真的是看著看著就會不小心入迷。

燿子花了好長的時間，總算選定自己要的花樣。

「請問客人要選哪一種呢？」

夏露裝模作樣地故作殷勤，低頭垂詢。

「麻煩你用黃色的線織成長萼瞿麥的花樣。」

聽到他的答案，夏露頓時一臉嚴肅地以低沉的聲音反問：

「真的要選這個花樣嗎？」

燿子下意識地躲避他的視線。

「黃色是活潑的顏色，長萼瞿麥是象徵日本女性的花……」

燿子拚了老命才控制住語尾不要發抖。

「那好吧。」

厚實的手掌毫無預兆地搭在燿子肩上。

抬頭看，夏露平靜地微笑。

「包在我身上，下個月之前一定幫你做一件最漂亮的禮服。」

進入十月後，好不容易既不冷也不熱，迎來一連串舒適的日子。

燿子一面吃著用生薑熬煮的太妃糖，窩在沙發裡看雜誌。阿育吠陀的太妃糖不同於英式太妃糖，不使用麵粉和奶油，而是把水果或堅果的糖漿固定成硬硬的糖果。只用紅糖和生薑製作的太妃糖在口中散開融化，與熱開水十分對味。

燿子翻閱介紹國外絕美度假村的雜誌，打算下次去葉山或鎌倉的海邊住一段時間，拿起桌上的手機，燿子其實已經存了幾個物件。

或許是因為他終於答應舉行離婚典禮，恭一承諾會給他令人滿意的贍養費，每個月還會另外再匯生活費。父母至今仍為他離婚的事操心，或許看到他的新家也能稍微放心一點。

在好幾頁都做了記號後，燿子把手機正面朝下，放在桌上。

不經意抬起視線，擺在桌子對面那堆離婚典禮邀請卡映入眼簾。恭一特地請設計師設計，還加了鏤空的雕刻，根本不用那麼豪華。走到哪裡都要做足面子，恭一的膚淺令燿子忍不住露出冷笑。

這幾年，丈夫已經是有等於沒有的存在，事到如今就算只剩下自己一個人，生活也不會有任何改變。

比起住在隨時被左鄰右舍監視的高塔式住宅大樓，搬去綠意盎然的靜謐場所生活反而會更開心也說不定。

像是麻雀雖小，但是有個中庭的獨棟房子。

燿子的腦海中浮現出大花山茱萸的綠葉恣意伸展的古民家。

這時有人按門鈴。

從對講機的螢幕往外看，燿子嚇了一跳。只見隅田英惠獨自站在門口。

「不好意思，突然來打擾。」

燿子趕緊開門，英惠露出充滿歉意的笑容。大概是很久沒上美容院，留長的頭髮都走樣了，白髮怵目驚心。才一陣子沒見，英惠憔悴了好多。

燿子迅速地收拾一下離婚典禮的邀請卡，招呼英惠進客廳。

「中國太太家裡總是這麼乾淨。」

英惠朝客廳看一圈，夾雜著嘆息地說。

「昨天剛好打掃過了。」

燿子繞到吧台式廚房後面燒水，泡了錫蘭紅茶，與生薑太妃糖一起放在英惠面前的桌上。

「這是阿育吠陀教室教的？」

英惠拿起裝在白瓷盤的太妃糖，看著燿子問道。

「嗯，因為很簡單，我就試著做做看了。」

燿子不置可否地微笑。

他聽圭伊子說過，英惠為了拿回一次全部預付的學費，和阿育吠陀教室的人大吵一架。

也一併聽說英惠老公經營的公司做假帳一事曝光，房子被股東扣押的閒話。

「我猜也只有中園太太會真的實踐學到的東西，其他人大概都只是為了打發時間。」

英惠以晦暗的眼神喃喃自語，把手中的太妃糖放進嘴裡。

「好好吃……」

顯然是脫口而出，但這句話讓燿子感到短暫的安慰。

「我現在已經不是討論火啊水的時候了。」

然而，英惠隨即壓低音量。

「中園太太也聽到很多流言蜚語吧？我下禮拜就要搬家了。」

英惠的臉上浮現出破罐子破摔的笑容。

「我老公的公司還是破產了。我以前明明在銀行上班，卻一直被蒙在鼓裡，以為公司經營得很順利。」

英惠心有未甘地看著燿子。

「因為我相信我老公，所以就算看到公司的帳簿也沒想太多。」

燿子認為英惠沒有說謊，無論當初對業務有多精通，一旦離開第一線，技術就會以迅雷不及掩耳的速度倒退。

這點已經當了好些年全職主婦的燿子完全能感同身受。

就像不是以語言為專業的人通常以為語言一旦學會就可以記上半輩子，才怪，只要不是母語，就會迅速地忘記平常不用的字彙。

不常用的肌肉一下子變成贅肉也是相同的道理。

耀子曾經在紐約蒐集過股票的資料，但現在就連簡單的英文單字也會卡住，無法立刻說出口。

一如無論再怎麼努力鍛鍊，只要在安穩的環境裡待久了，人就會一下子變成軟腳蝦。

「我們家還有孩子，也得照顧父母，所以已經沒有任何退路了，我也拚命找工作，可是年過四十的人別說正式員工，就連要找派遣工作都很困難，十年前的資歷根本派不上用場。」

耀子完全不知道該說什麼才好。

我也要離婚了。

這個月底要舉行離婚典禮。

就算告訴他自己的狀況，又有什麼意義。

「言歸正傳，中園太太。」

英惠探出身子，視線突然變得尖銳。

「不好意思，可以請你借我一點錢嗎？我一定會還你。」

被那麼懇切的眼神盯著看，耀子無言以對。英惠雙手握拳放在膝蓋上。握得那麼緊，幾乎都要變色了。

英惠大概已經走投無路，才會對只是住在同一棟大樓，僅有數面之緣的自己提出這種要求。

耀子默默地站起來。

走進寢室，打開抽屜，從以備不時之需的現金中抽出十張萬圓鈔，裝進信封。

燿子回到客廳，把信封放在桌上。

「隅田太太，這筆錢就當是我的慰問之意，請收下，不用還我了。不過我能準備的也只有這麼多。」

英惠幾乎是用搶的拿起信封，突然就當著燿子的面數起來，燿子傻眼地看著他數。

英惠數完，露出不知該怎麼形容的複雜表情。

燿子無從判斷他是什麼樣的心情。

看在現在的英惠眼中，自己是養尊處優的「少奶奶」，又沒有要照顧的孩子。這樣養尊處優的少奶奶只給十萬圓的「慰問金」到底恰不恰當，他也不知道。

英惠把信封塞進皮包，立刻站起來。

「這筆錢我一定會還。」

英惠在玄關穿鞋，背對著燿子，咬牙切齒地說，肩膀微微顫抖。

「所以請不要擺出只不過是區區十萬塊的施捨表情。」

大門用力地在呆若木雞的燿子面前甩上。

燿子始終動彈不得地站在門口，直到英惠的背影完全消失在門外。

好半晌才足不點地地回到客廳，看見用來裝生薑太妃糖的白瓷盤和錫蘭紅茶的茶杯。燿子為英惠泡的紅茶，他幾乎一口也沒喝。

吐出一口大氣，燿子一屁股坐在沙發上，感覺自己累到一個不行的地步。

閉上眼睛，滾燙的怒氣指數開始一度又一度地竄升，有點喘不過氣來，胸口悶得慌，業火彷彿正在心窩附近熊熊燃燒。

憤怒與悲傷是導致火氣增加最大的原因。
火氣一旦過剩，就更容易憤怒、悲傷，陷入惡性循環。
講師說的一點也沒錯。
可是他不知道該怎麼做，才能放掉那些憤怒悲傷。
英惠走投無路的眼神浮現在緊閉的眼皮內側。
『因為我相信我老公。』
英惠的聲音在耳邊甦醒。
英惠大概是為了保護他與丈夫共同建立的家庭，才不惜做出這麼屈辱的事。不難想像英惠的痛苦與悔恨，但燿子竟然有點羨慕他。
羨慕他有那種不惜付出一切也想保護的東西。
好說歹說，自己也和恭一生活了十四年，卻從未建立起任何讓自己想守護的東西。
燿子咬緊下唇，趴在沙發上。
這樣過了多久呢。
儘管屋子裡已經開始暗了下來，燿子也沒力氣起來開燈，繼續趴在沙發上。
突然，手機收到簡訊的鈴聲微微響起。
不情不願地抬起頭來，把手伸向手機，看到液晶螢幕，燿子撐起沉重的身體。
螢幕裡是夏露傳來的簡訊，說禮服的版已經打好了，希望他能去試穿一下。
六點過後，四周已一片漆黑，接下來的日照時間會愈來愈短，大概再過不久就會颳起凜冽的寒風。

燿子走在商店街上，聽著聲嘶力竭到有點刺耳的蟲鳴聲，天空掛著幾近滿月的大圓月亮。

鑽進羊腸小徑，看到盡頭閃爍著微弱的燈光，走近一看，夏露的店門口掛著煤油提燈。

閃爍的燈光柔和地照亮四周。

世上竟有這麼柔和溫暖的燈光，燿子恍惚地盯著煤油提燈的光線產生的陰影看了好一會兒。

往中庭裡窺探，發現大花山茱萸的根部豎立著鐵製招牌。

Makan Malam。

跟白天的舞蹈用品專賣店截然不同的招牌，擺滿整個中庭的華麗禮服全部收起來，茂密的羊齒蕨裡傳來更加嘹喨的蟲聲。

燿子攏了攏頭髮，按下門鈴。

「來了——」

夏露今晚身穿酒紅色的晚禮服，抱著虎斑貓出來應門。

「晚安，夏露。」

為了不讓對方看出自己動不動就方寸大亂的心情，燿子勉強自己擠出笑容。

「雖然不多，這是送你的禮物。」

「哎呀，這是什麼？」

「用小豆蔻做的太妃糖。我試著用阿育吠陀講座教的食譜做的，應該很適合上次你泡給我喝的茶。」

「啊，我好高興呀！」

夏露接過燿子遞給他的小包同時，虎斑貓一溜煙地跳脫他粗壯的手臂，無聲無息地著地，踩著雍容華貴的腳步，走進後面的房間。

「你也快進來吧。」

燿子在夏露的催促下脫鞋進屋。

踩在鋪著陳舊木板的走廊上，一股好聞的味道迎面而來，是令人胃口大開的香料味道。夏露大概正在準備晚飯。

「不好意思，在你正忙的時候來打擾。」

燿子對走在前面的夏露說。

「不打緊，距離晚上開店還有很多時間。」

「晚上的店？」

「咦，我沒有說過嗎？」

夏露轉過身來。

「其實我從幾年前為了做飯給女紅們吃，順便在這裡開了一家消夜咖啡店。」

「消夜咖啡店……」

就是那個Makan Malam嗎？

「外面的招牌是印尼語對吧。」

「不愧是燿子。Makan是食物，Malam是夜晚，我擅自當成消夜的意思來用。」

真像這個人會做的事。

燿子心裡閃過一抹寂寥。

鳥籠形狀的間接照明微微照亮了面向中庭的店內，播放著靜謐的古典音樂，與白天來訪時看到的感覺大相逕庭。

剛才那隻虎斑貓蜷成一團，窩在籐椅的椅墊上。

「來，燿子，請進。」

夏露招呼燿子進針線室，燿子看得眼睛都亮了。

人體模特兒身上披著繡著藤蔓的榛子色禮服，層層疊疊的裙襬只有後面做得長一點，剪裁得十分柔美。

燿子走上前去，撫摸光澤耀眼的布料。榛子色的禮服質地讓人聯想到深秋，繡上銀線的藤蔓，雍容華貴中散發出落落大方的氣質。

敞開的胸口、袖口、長裙的裙襬全都仔細地縫上了淺黃色的長萼瞿麥緣飾。

「如何？」

夏露自信滿滿地問道，燿子反射動作般回頭。

「比我想像的完美太多了。」

音色裡毫無虛假，夏露臉上滿是笑意。

「榛子色用得不好可能會給人老氣的印象，但燿子肯定撐得起來，應該能讓你的皮膚看起來更白。」

燿子邊聽夏露自豪的說明，凝視胸口的土耳其蕾絲。手指輕撫做成長萼瞿麥的花樣。

「可以請你現在試穿嗎？我還要準備晚上的開店，晚點再來叫你，你可以慢慢來。」

夏露對他眨個眼，走出針線室。明明每一步都踩得極為優雅，卻在大梁較為突出的地方忽而彎下腰，看起來十分逗趣。

燿子一個人留在房間裡，從人體模特兒身上取下禮服，貼在胸前比劃。實際穿上時，絲綢冰涼的觸感很舒服。

對鏡子裡的自己輕聲嘆息，真的比想像中好看太多了。

禮服的剪裁很簡單，但銀線的藤蔓和裝飾著下襬的緣飾充滿異國風情，彷彿自己就此成了一千零一夜的登場人物。

彷彿只要蓋上面紗，就能真的成為沙赫拉查德[9]。

穿上這件禮服，站在恭一身旁。

然而一想到這裡，原本還有些雀躍的心情急速降至冰點。

包括恭一的外遇對象在內，要在恭一公司的人和住在同一棟大樓的圭伊子和更紗面前扮演美滿的夫婦直到最後一刻。

怎能為了這種事穿上這件禮服。

9. 一千零一夜的說書人。

一想到這件禮服是夏露及女紅們為了自己，一針一線仔細刺繡、製作土耳其蕾絲，燿子突然覺得好難受。

禮服愈美，自己愈沒有資格穿上它。

什麼離婚典禮嘛。

還有比這更無聊的事嗎？

每個人都認真地活出屬於自己的人生，自己卻拿著壓根兒沒愛過的老公給的贍養費，打算就這麼安穩地活下去。

無論是工作資歷、家庭還是興趣，做什麼都半途而廢。

他實在不認為自己在這種狀態下去到新天地就能掌握什麼確切的東西。

燎原的野火即使受到乾燥的強風加持，也生不出什麼新的東西，只會把荒涼的大地燃燒殆盡。熊熊燃燒的烈焰令燿子苦不堪言。

再怎麼有錢，再怎麼貌美，也無法保證什麼。

可是，那是因為——

因為我不曾真心愛過任何人嗎？

只愛自己，生怕自己受到傷害。

這種生存之道未免也太空虛、太無聊了。

英惠迫切的眼神冷不防在眼前重現，燿子忍不住捂著臉。

「燿子，換好了嗎？」

夏露敲門，燿子無法回答。

「燿子？」

夏露的音色透著詫異。

「燿子，怎麼了？我要進來嘍。」

不行，先不要進來——

燿子在心中發不出聲音地尖叫。在這種精神狀態下，會被看見不想被看見的自己。

可是門無情地打開了。

被夏露真摯的眼神一掃，燿子終於控制不住壓抑的情緒。

「夏露！」

視線一口氣模糊，淚水決堤，燿子哭倒在大驚失色的夏露面前。

妝會花，會弄髒好不容易做好的禮服。

不想被別人看到自己這個模樣。

心裡明明是這麼想的，眼淚卻怎麼樣也停不下來。

藏在無懈可擊、什麼事都難不倒他的優等生面具底下，居然是這麼孩子氣、這麼不中用的自己。

到底哭了多久？

感覺像是很久很久，但夏露始終靜靜地看著自己。

「抱歉……」

燿子好不容易冷靜下來，夏露對他微微一笑。

「沒關係，任誰都有想放聲哭泣的夜晚。」

夏露朝蹲在地上的燿子遞出面紙，也在他身邊蹲下。
「尺寸沒問題吧？」
燿子邊用面紙擦乾眼淚邊點頭。
「那就好，換下禮服，到店裡來。」
夏露把手放在燿子肩上，站了起來。
「來吃消夜吧。」

香料的氣味撲鼻而來。
擺在吧台上的料理令燿子眼睛為之一亮，紅寶石般的美麗湯汁上浮著滿滿的蔬菜。
「這是……」
夏露對瞠目結舌的燿子報以微笑。
「沒錯，我依照你帶來的阿育吠陀教材試著做了這道甜菜湯咖哩。」
秋葵、紅蘿蔔、紫洋蔥、蘆筍、小扁豆……色彩繽紛的蔬菜從紅寶石般清澈透明的湯裡探出頭來。
「我平常做的消夜都是自己胡亂結合長壽飲食和中藥，但阿育吠陀也很有趣。在阿育吠陀的觀念中，認為甜菜具有造血的功能，而且又甜。性質偏涼的甜菜還能減少這個季節容易過剩的火氣，我認為這道菜最適合體質風風火火的燿子吃。」
燿子目不轉睛地盯著湯看。明明只有蔬菜，看起來卻很滋補的樣子。
「長壽飲食並不是很鼓勵人們吃用小麥烘烤的麵包，但是阿育吠陀的菜單有很多用蒸的穀物。」

夏露把陶鍋放在吧台上。

「我都是用陶鍋煮飯喔。」

掀開鍋蓋，蒸氣裊裊竄升，鍋子裡是香氣四溢的泰國長米番紅花飯。

「看起來真好吃……」

燿子情不自禁地脫口而出。

哭得太厲害，眼皮好腫，感覺隨時都會再度哽咽起來，但是湯咖哩令人食指大動的香味與番紅花飯熱騰騰的蒸氣依舊激發他的食欲。

「讓阿育吠陀的生命能量取得平衡的方法很像以前煮飯的方法喔，只要水的份量拿捏得恰到好處，讓風適度地吹進柴火的縫隙，以均勻的火候加熱，不就能煮出美味的飯嗎？其中任何一項太強太弱都不行，必須讓風與火與水呈現完美的比例，煮出來的飯才會好吃。或許人的身體也是同樣的原理。」

夏露把剛煮好的番紅花飯盛到圓盤裡，遞給燿子。

「來吧，請用。」

燿子道謝，拿起湯匙。

「我要開動了。」

先品嚐一口清澈透明的紅寶石湯，甜菜的甘甜滋味緩緩在口中散開，小茴香、丁香、芫荽等香料隨後跟上，刺激味蕾。

鮮甜的蔬菜與刺激的香料，兩者的味道都很明顯，但是絕不會打架，不至於互相干擾。

甜味與辣味水乳交融，一口就讓人感到深深的滿足。

接著再把番紅花飯浸泡在湯裡來吃。

不使用麵粉及椰奶，只用蔬菜高湯熬煮的湯咖哩滲入香氣迷人的泰國長米，吃得嘴角不自覺上揚。

甜甜辣辣的玫瑰色湯咖哩有助於抑制由憤怒與悲傷引起的火氣。

感覺熊熊燃燒的烈火正慢慢熄滅。

「很好吃。」

「那就好。」

夏露嫣然一笑。

「長壽飲食的思考模式是把體質和食物分成陰陽兩種，補足缺乏的部分，而阿育吠陀的思考模式則是減少過剩的部分。」

燿子同意夏露的觀點。

阿育吠陀認為風與火的比重較高的燿子要注意別再增加不必要的生命能量，認為增加欠缺的水反而會造成反效果。

「這是一種只要減少過剩的部分，不足的部分就會自己跑出來的思考邏輯。這點非常耐人尋味。」

夏露邊說邊為自己也盛了一盤番紅花飯。

「補滿與減少。感覺上是完全相反的邏輯，但是仔細研究下來，其實有很多共通點，例如鼓勵人們多吃用蒸的穀物和蔬菜或香料的使用方法。在長壽飲食的世界裡，用柔和的蒸氣蒸熟食材的烹調法，是可以將陽性體質或陰性體質導向中性體質的萬能調理法，這不就是風、水、火的平衡嗎？因為蒸氣就是用火加熱水的時候所產生的風，多半都是不會對胃造成負擔的食物也是兩者共同的特徵。簡而言之，是真心為每一個人著想的烹調方式。」

燿子默默地聽夏露說明。

感覺自己似乎明白為何開家庭派對時，從未想過要做在阿育吠陀講座上學會的料理了。

「我自己生病也是一個原因，希望能做出盡可能對身體好的消夜給來這裡的每一個人吃。」

紅寶石般清澈透明的玫瑰色湯咖哩不只好看，還充滿了溫柔體貼。

那是夏露為人著想的心。

「因為深夜聚集在這裡的人都是白天拚了命努力活著的人。」

「……這句話聽得我好心虛。」

「哎呀，守護家庭也是很辛苦的事，並不是只有在外面工作才是勞動。」

可是自己守護家庭也不是為了任何人。

燿子又喝了一口湯咖哩，輕聲嘆息。

「夏露，你真的好了不起，什麼都會。」

「哎呀，燿子不也是嗎？」

「我才不是。」

特地花大錢去上課，也沒有想做給對方吃的對象。

什麼都會，卻什麼都辦不到。

這就是自己。

燿子鬱悶地咬緊唇瓣。

對話到此接不下去，耳邊傳來貓咪在籐椅上縮成一團的細微鼾聲，毛色光滑的肚子上下起伏，睡得十分香甜。

「燿子，我想問你一件事……」

不一會兒，夏露靜靜地開口。

「你為什麼要選那種土耳其蕾絲？」

燿子無法抬起視線。

明亮的黃色、象徵日本女性的長萼瞿麥。說是這麼說，但事實並非如此。

黃色在土耳其蕾絲的意思是「悲傷」。

而長萼瞿麥則是「謊言」。

「長萼瞿麥也是很可愛的花，只是花瓣比長得很像的康乃馨少，所以才會有那個意思。」

果然無法在精通花語的夏露面前打馬虎眼。

「因為我是個騙子，所以才選了長萼瞿麥。」

燿子低著頭，輕聲說道。

悲傷的騙子。他認為這是最適合自己的花樣。

「其實我一點也不想出席什麼離婚典禮，和平分手也是騙人的，是我老公和別的女人有了孩子。」

「燿子……」

夏露心疼的眼神卻讓燿子猛烈搖頭。

「可是，這也不是主要原因，這場婚姻從一開始就是個錯誤，我……」

他想說實話。

明明已經下定決心，可是真要說出口，燿子還是有些遲疑。

當時的衝擊直到現在都還牽絆著自己。

「不想說的話就別說了。」

夏露在他耳邊輕聲呢喃。

燿子大驚，抬頭仰望夏露，夏露正以真誠的表情看著自己。

「我……」

幽暗的火焰在燿子心中閃閃爍爍。

「我失戀了。」

這句話情不自禁地脫口而出。

「失戀……？」

夏露一臉意外地複誦。

聽到這兩個字，燿子反而冷靜了下來。

「我曾經非常喜歡一個人，可是還沒來得及告白，對方就和別的女人在一起了。」

一旦說出口，心情突然變得好輕鬆。

可惜自己當時無論如何都無法接受這個事實。

不管是大學還是就業，基本上都是從別人給的選項中做選擇。

從小就是這麼活過來的燿子有生以來第一次打從心底想要的唯一一個人。

「而且他選擇的女性還是個魅力十足，我完全比不上的人。」

燿子的語尾有些沙啞。

「我無法接受失敗，沒想太多就嫁給現在的老公，從此一直隱藏自己的真心，所以……會搞成這樣也是我咎由自取。」

不管是在丈夫面前，還是在朋友面前，甚至在父母面前都一直戴著面具。

更糟的是，他連自己都騙。

燿子再次沉默不語。

發現優等生的面具底下是個沒骨氣的幼稚鬼後，夏露肯定也會瞧不起自己。

他心裡有數。

「隱藏真心又不是什麼壞事。」

「咦？」

意料之外的回答令燿子一時不知該做何反應。

「因為這個世界可不是光靠真心話就能活下去那麼簡單。就拿我來說好了，埋藏在內心深處的真實想法要多少有多少，說過的謊也車載斗量。」

夏露甩了甩粉紅色的鮑伯頭假髮，觀察燿子的反應。

「如果不想讓別人看到自己真正的模樣，就不用勉強自己表現出來。」

慈母般的笑容在頂著大濃妝的臉上蕩漾開來。

「只要自己知道真心藏在哪裡就好了。」

真心藏在哪裡——

燿子不知不覺把手貼在胸口。

他知道自己的真心藏在哪裡嗎？

會不會藏得太深，已經找不到了？

「燿子，你要對自己有信心。」

夏露把手放在燿子肩上。

「這世界的確複雜又冷酷，到處都是無法稱心如意的事，有時候就是得戴上面具。可是啊，只要知道自己的真心藏在哪裡，就算要勉強自己做再不願意做的事，人其實也能走出自己的一條路來喔。」

搭在肩上的厚實手掌充滿了力量。

「燿子的話一定沒問題。」

夏露笑得眼角都擠出皺紋了。

「我不曉得你的情敵多有魅力，但燿子也毫不遜色，因為你總是很體貼別人，盡全力做到最好不是嗎，我一直很敬佩這樣的燿子喔。」

「夏露……」

「來，趁熱吃吧。」

夏露拿起湯匙，拍拍燿子削瘦的肩膀。

眼眶又湧出新的淚水，燿子定定地凝望夏露。

十月某天，燿子和恭一包下六本木的會員制餐廳舉行盛大的離婚典禮。

燿子挽起長髮，穿上榛子色的禮服，站在頂著近乎誇張的笑臉與賓客聊天的恭一身邊。

不管來賓問什麼，燿子都盡可能不夾帶情緒地回答，臉上堆著平靜的笑容，不時用手指撫摸胸口象徵著「騙子」的土耳其蕾絲。

圭伊子和他的跟班們，還有更紗都來了。

圭伊子盛妝打扮得還以為他才是主角，更紗也還是老樣子，穿著極為暴露地站在圭伊子旁邊，明明外面已經開始吹起凜冽的寒風，迷你裙底下依舊探出兩條沒穿絲襪的腿。

一開始登台亮相時，所有人都驚豔於燿子的禮服扮相，但是現在換恭一成為宴會的主角。

因為絕大部分的賓客都是恭一邀請來的，燿子根本搞不清楚誰是誰，逐漸對只是默默地站在一旁扮演「前妻」的角色失去興趣，開始覺得會場上沒有自己的立足之地。

相較之下，可以待在廚房做菜的家庭聚會還比較好一點，燿子不禁苦笑。

沒多久，會場的燈光暗下來，換上迷你樂隊，賓客們開始跳起貼面舞。

「跳一曲吧。」

恭一在耳邊低語，燿子死命搖頭。

開什麼玩笑。他已經努力陪笑臉了，沒道理要犧牲得那麼徹底。

燿子抵死不從的表情讓恭一自討沒趣。

恭一丟下燿子，走到會場中央，牽起女同事的手，女同事立刻靠在恭一身上，開始跳舞。

燿子也見過那個留中長髮的女人，是恭一的外遇對象之一，來參加過好幾次家庭聚會。

燿子遠遠看著兩人緊緊抱在一起跳舞的模樣，突然覺得有人在看他，會場上的人原本都對他漠不關心，如今卻以窺探的視線看著他。

圭伊子和他的跟班們也正以好奇的眼神看著自己。

所有的視線都在問他：

你到底是什麼心情？

後悔嗎？難過嗎？孤單嗎？

所有人都在揣測燿子現在的心情。

『隅田太太的事，你聽說了嗎？』

冷不防，圭伊子拐彎抹角的探詢在耳邊響起。

當時，英惠大概也是在眾人充滿好奇的窺探下，鼓起勇氣來找自己。

『好好吃……』

英惠吃下太妃糖，忍不住脫口而出的讚美敲打著燿子的耳膜。

但願比起自己遞出的信封，那一小塊甜甜的太妃糖更能在英惠心裡留下痕跡。

一如那天晚上，紅寶石般清澈透明的美麗湯咖哩燒熄了自己心中的業火。

倘若為別人著想是人性的光輝，那麼很遺憾，貶低別人也是一種人性。

正當燿子要向那些露骨的視線低頭時——

會場上掀起一陣竊竊私語。

「他是誰？」「什麼人？」「明星嗎？」

有個西裝筆挺的偉岸男子宛如摩西分紅海地撥開交頭接耳的品頭論足，瀟灑地走進會場。

肌肉結實的身材，壯齡男子的精悍表情。

輪廓深邃得不像日本人的五官，有如從男性流行雜誌走出來的模特兒。

看到那個人的身影在黑暗中逐漸立體的同時，燿子下意識地用手掩住嘴巴。

御廚前輩。

還以為這輩子再也見不到的人捧著深紅色的迷你玫瑰，筆直地朝自己走來。

脫下禮服，恢復男兒身的御廚清澄就站在自己面前。

「再過幾天就是你的生日了，生日快樂，燿子。」

「前輩，你還記得啊……」

燿子的鼻腔一陣酸楚。

「這還用說嗎，我怎麼可能忘記寶貝後輩，同時也是我第一位客人的生日。」

御廚微微一笑，把迷你玫瑰——同時也是十月二十二日的生日花塞進燿子的懷裡。

音樂剛好告一段落，會場上鴉雀無聲。

恭一、與恭一共舞的女人、圭伊子、更紗……會場上所有人幾乎都雙眼發直地看著他們。

御廚回頭，以低沉卻嘹喨的聲音告訴恭一：

「你好，我以前被證券公司派去紐約時曾與燿子一起工作過，現在自己出來創業，從事與服裝設計有關的工作，燿子今天穿的禮服就是我設計的，希望燿子今後也能繼續當我設計的禮服模特兒。」

恭一一臉摸不著頭腦的表情，只能勉強點頭。

御廚重新面向燿子，露出惡作劇的笑容，牽起他的手。

迷你樂隊這才猛然想起自己的任務似地開始演奏。

燿子一手捧著迷你玫瑰，被御廚帶到會場中央。

〈月光小夜曲〉輕柔悅耳的旋律響起時，更紗突然衝向燿子，接過他手中的花。

「謝謝你，平川太太。」

更紗以點頭回應燿子，不知為什麼居然握拳擺出一個小小的勝利手勢。

燿子提起綴滿長萼瞿麥土耳其蕾絲的禮服裙襬，將自己交給御廚的引領。

才不是普通的貼面舞。

而是在紐約的社交舞俱樂部跳過的正統舞步。

俊男美女無比契合的舞蹈令會場為之沸騰。

原本還在觀察離婚夫婦要怎麼收場的會場，轉眼間就變成華麗的舞會。

不知不覺間，燿子胸前滲出薄薄一層汗水。

但那並不是平常令人不舒服的熱潮紅，而是爽快的灼熱所帶來的汗水。

一曲既罷，會場上響起意料之外的掌聲，更紗捧著迷你玫瑰，站在人牆前面拍得比誰都大聲。

燿子的脣畔浮現出今天第一抹自然的微笑。

「燿子，你很迷人喔。」

御廚在耳邊低語。

揚起視線，御廚正以懷念的目光看著自己。

「好久沒跳舞了。」

離婚典禮結束後，燿子與夏露並肩走在中城附近的公園裡，與說要去續攤的恭一道別，兩人走向車站。

「我也已經很久沒穿上這麼整齊的男裝了，就連男用的假髮也很久沒戴了。」

夏露以搞笑的眼神看著燿子。

「真是嚇了我好大一跳。」

燿子誇張地縮起肩膀。

「可是我很高興能再見到前輩。」

燿子故意不當一回事地說，重新抱好懷裡的花束。

不僅如此——

沒想到更紗會那樣幫自己。

這也令他既驚又喜。

「燿子。」

夏露在噴水池的長椅前停下腳步。

「還有一個生日禮物喔。」

夏露遞出綁上蝴蝶結的紙袋。

「謝謝，我可以打開嗎？」

「當然。」

打開紙袋的瞬間，燿子為之屏息。

那是用紅線編織的美麗土耳其蕾絲。

「這件禮服的土耳其蕾絲可以拆下來。」

夏露指著燿子大衣底下的禮服裙襬。

「這塊土耳其蕾絲的花樣是紅色馬鞭草，紅色代表幸福和熱情，馬鞭草是指美麗的女性。」

燿子的眼眶被編織得十分細緻的花瓣逼出灼熱的淚水。

「夏露……」

燿子拚命眨眼，不讓眼淚掉下來。

「你為什麼要對我這麼好。」

「我不是說過了嗎，因為我很高興啊，儘管我辭去工作，變成這副德性，你依然願意來找我看我，我真的很高興。」

「就算……」

淚水奪眶而出，順著臉頰滑落。

「就算只是出於好奇？就算只是想知道以前那麼優秀的前輩變成什麼模樣也無所謂嗎？」

聲音不聽使喚地拔尖。

「無所謂。」

夏露不假思索地回答。

「當時家人和朋友都對我敬而遠之，我變成孤零零一個人，幸好有你來看我，還給我那麼多工作做。如果當時不是專心地製作你的婚紗，說不定我早就被孤獨擊潰了。」

夏露現在已經不是一個人了。

但就算只有一小段時光，自己也成為這個人的力量過。

領悟到這一點的瞬間，燿子整顆心都在顫抖。

熾熱的火焰在清爽微風的吹撫下燃遍四肢百骸，令他通體舒暢。

「前輩，我想重新開始。」

燿子仰望夏露。

「不管是愛情，還是工作，我想全部從頭來過。」

還不知道自己現在能做什麼。可是，唯有這次，他不想再依賴前夫給他的贍養費或生活費，他想傾聽自己心裡的聲音做選擇，對自己的選擇負責。

他不可能連這點勇氣都沒有，因為自己終於願意承認以前受過的傷了。

「燿子，就是這股志氣，你從以前就是我引以為傲的後輩。」

燿子苦澀地看著為他高興的夏露。

「可是，你也要收下花心老公給你的贍養費，因為家庭主婦可是重勞動呢，就當成是退休金吧。」

夏露又對他拋了個開玩笑的媚眼。

「再見了，燿子，要保重喔。不管是白天的服飾店，還是晚上的消夜咖啡店，隨時都歡迎你來。」

站在地下鐵的入口前，夏露朝他伸出手。

燿子輕輕地握住他厚實的手掌。

「謝謝你，再見了，夏露。」

燿子感慨萬千地凝望衣袂翩飛，颯爽離去的高大背影。

懷裡緊緊擁著迷你玫瑰和紅色馬鞭草的土耳其蕾絲。

可是啊，夏露——

燿子忍住淚水，在心裡喃喃自語。

真正傷害到我的，並不是前夫，也不是他的外遇對象，而是你喔，夏露。

他不曉得想過幾次，想對每次取得連假，就拎著一個小行李箱，一溜煙展開旅程的背影說：「帶我一起去。」之所以對民俗療法感興趣，也是受到那個人的薰陶，因為那個人每次都買中藥或香草回來送給他。

有生以來第一次想對突然辭職的前輩告白時，卻聽到那個人變成變裝皇后的傳言。

還來不及表達自己的心意，就永遠失去那個人了。

婚紗只是幌子。

只是因為沒親眼看到他變成變裝皇后的樣子，自己永遠沒辦法死心，所以才登門拜訪。

結果在那裡遇見了你。

永遠的情敵。

即便如此，那個永遠不屬於自己的人卻成了魅力十足的「夏露」。

燿子一瞬也不瞬地凝望著消失在地下鐵剪票口的背影。

如此敏銳的人啊，不可能沒察覺到自己的感情。

但是既然你始終戴著沒發現的面具，那我也只能有樣學樣。

直到最後都不敢說出真心話，是因為不想傷害自己真正喜歡的人。自己原來能這麼深深愛著一個人，這個事實帶給燿子一絲勇氣。

總有一天，我一定會找回曾經讓你引以為傲的自己。

所以在那天以前。

再見了，御廚前輩。

這個世界上，我唯一打從心底愛過的人。

第四話

聖誕節的翻轉蘋果塔

睜開雙眼，明媚的陽光從窗簾空隙透入房間。

瀨山比佐子在溫暖的被窩裡賴了好一會兒，終於緩緩起身。

拉開窗簾，冬天低垂的太陽照亮了屋子裡的每一個角落。

雖然風會從老舊木造公寓的縫隙鑽進來，但由於大片窗戶面向東南方，幸好老社區周圍也沒有太高的建築物，即使是冬天，只要天氣夠好，到下午兩點左右都還意外地暖和。

公寓坐落在羊腸小徑深處，所以也聽不到大馬路的車聲。

全身沐浴在灑落進來的陽光下，比佐子伸了個大大的懶腰，獨自生活的早上很清閒，不用在意任何人。

比佐子每天早上通常都在十點左右醒來，其實半夜還會醒來好幾次，但是以年過七旬的老骨頭來說，他算是睡得比較好的也說不定。

早上之所以起得比較晚，或許是因為比佐子都這把年紀了還熬夜。

因為——

晚上太快樂了嘛。

話說回來，他也是年過七十才第一次有這種感覺。

比佐子離開窗口，將長長的白髮挽成髻，在狹窄的洗手台洗臉刷牙，最後再把法國的溫泉水噴霧噴在額頭和臉頰上。這麼一來，整個人神清氣爽，感覺後面拍上的絲瓜化妝水也比較好吸收。

比佐子比誰都清楚，自己已經是再怎麼努力養顏美容都沒用的「老太婆」，但是因為很舒服，所以還是養成每天早上噴霧的習慣，而且這個習慣也是最近才開始的。

擦上長年愛用的絲瓜化妝水和乳液後，比佐子回到三坪大的起居室。

牆上掛著日曆和月曆。

光看月曆，不曉得今天是幾號、星期幾；光看日曆，又不確定接下來的行程。

為了兩全其美，比佐子想到兩種都掛上的辦法。將行程寫在月曆上，再透過日曆確認今天是星期幾，還能減緩這幾年愈來愈嚴重的健忘症。比佐子面向牆壁而立，撕下一張日曆。

十二月十八日，星期一。

今天起又是新的一週。

視線移到旁邊的月曆上，今年只剩兩個禮拜的事實令比佐子有些反應不及。

真的好快又一年了，明明前幾天才覺得剛過完夏天。

十二月二十四日。平安夜那天畫了一個紅色的圈。並沒有任何特別的約會，只是基於習慣還是圈起來。

都幾歲了，比佐子不由得苦笑。

「啊。」

看著月曆，比佐子發現一件事，平安夜和除夕都是禮拜天。

換言之，聖誕節和元旦也都是一週初始的星期一。

月曆的週間從禮拜天開始，剩下的兩週剛好把七個空格填滿。

「今年能過得了無遺憾嗎……」

比佐子側著頭，望著除夕剛好落在最後一格的月曆，還是不要把今年開始做的事帶到明年吧。

總覺得今年與明年之間有一條明確的楚河漢界，跟新年從週間展開的感覺很不一樣。

「既然如此，就不能再拖拖拉拉了。」

比佐子小聲嘀咕，望了一眼放在架上的筆記本。

臨終筆記。

上週去逛商店街的書店時看到，一時衝動買回來的筆記本，只要按部就班地寫完，任何人都能輕鬆地做好「人生落幕方式」的準備。

『開始走向您的最後一哩路吧』

寫在書腰上的文案吸引住他的視線，回過神來已拿去結帳了。來到坐七望八的年紀，自己差不多也該開始準備走向「人生的最後一哩路」了。

比佐子決定在週末的聖誕節以前寫完筆記本。

不過在那之前，要先吃早飯。

比佐子走向狹窄的廚房，打開瓦斯爐。

燒開水，仔細地泡一杯咖啡，將熱水倒進剛磨好的咖啡粉，咖啡的香氣立刻盈滿整個房間。那個人建議他下午四點以後最好不要再攝取咖啡因，但比佐子從年輕就很愛喝咖啡，尤其偏愛酸味較明顯的摩卡。

吃完烤麵包配咖啡的簡單早餐，比佐子開始每天例行公事的打掃工作。最近比佐子甚至連吸塵器都不用，直接用抹布擦地。比起拖著沉重的吸塵器，這樣還比較輕鬆，而且每個角落都用擰乾的抹布擦過一遍的話，即使房間再老舊，也會像洗過一樣乾淨。

然後稍微打扮一下，出門打掃公寓前面，為盆栽澆水。比佐子從幾年前就在公寓與巷弄間的狹窄空間種植四季不同的植物。

春天是園藝類的紫花地丁或粉蝶花，夏天是牽牛花或鬼燈草，秋天是秋櫻或多花型菊。至於這個季節則一定不能少了報春花和三色堇。報春花和三色堇都很耐寒，可以欣欣向榮地開到明年早春。紅色、粉紅色、黃色、紫色……五顏六色的花朵也很繽紛，能為寒冷的冬天帶來活力這點也很迷人。

比佐子摘掉枯萎的花，把落葉掃進畚箕，伸直腰桿。

晚上之所以睡得好，或許也拜每天像這樣動一動身體所賜，腰和膝蓋、關節難免會有些疼痛，但比佐子已經十年以上沒得過大病了。

身為獨居老人，健康比什麼都重要。

更何況，我還有那個地方——

比佐子停下手中的竹掃把，望向矗立於巷子盡頭，白門圍繞下的獨棟房子。葉子掉光的大花山茱萸正從宛如古民家的獨棟房子中庭把樹枝伸向晴朗的天空。

這幀令人懷念的光景從以前到現在都沒有變過。

不，這或許只是自己一廂情願所造成的感慨。

比佐子小時候，那棟房子的庭院更大一點，除了大花山茱萸以外還種了許多樹，當時的大花山茱萸還是弱不禁風的年輕小樹。

住戶當然也換了好幾輪。

自從六年前搬來新的住戶，那裡就搖身一變成為白天販賣閃亮亮禮服及首飾的舞蹈用品專賣店。

只可惜白門今天關得緊緊的，今天可能不營業了。

晚上的店大概也不會開了。

比佐子有些失落。

那棟對比佐子具有特殊意義的房子如今成了不定休的店，要不要開門做生意全看住戶的心情。

又開始打掃街道時，頭上傳來開門的聲音。

有個青年小跑步地從安裝在外面的樓梯走下來。

「早安。」

青年是住在比佐子樓上的藤森裕紀，還一臉愛睏的模樣，看來他也不太擅長在中午以前起床。

「昨天又忙到很晚嗎？」

「又畫到天亮了，真是的，我熱機太慢了……」

裕紀揉著紅通通的眼睛，苦笑說。

藤森裕紀是去年才剛出道的漫畫家。比佐子從小就不看少年漫畫，但是裕紀連載的冒險奇幻故事很有趣，他看得下去。主角一再遭遇的危險也充滿緊張感，更重要的是，他筆下的人物都栩栩如生，非常吸引人。

「今天要出去啊？」

「對，要去和出版社開會。」

「你已經變成當紅炸子雞了呢。」

「才沒有，這個世界很無情，一旦沒有人支持，馬上就會叫你回家吃自己。」

「會很晚才回來嗎？」

「嗯，而且今天店裡好像也休息。」

裕紀也望了巷子盡頭的獨棟房子一眼。

「晚上不曉得會不會開。」

「只要門口的煤油提燈有亮。」

「對呀，只要燈有亮。」

交換一個類似暗號的低語，裕紀突然一臉正經地看著比佐子。

「比佐子女士，謝謝你總是把公寓前面打掃得這麼乾淨。」

「咦……」

比佐子一時半刻反應不過來，裕紀又接著說：

「多虧比佐子女士每天早上的打掃，即使是這麼破舊的公寓也像樣了不少，四季的花很漂亮，來翻垃圾的烏鴉也減少了。」

裕紀以溫柔的眼神看著三色堇。

「我的老家冬天也會開很多這種花。」

這麼說來，青年對植物頗為了解，不只三色堇，還知道耬斗菜和鐵線蓮，令比佐子刮目相看。

火刺木、百子蓮……出現在漫畫裡的人物也多半是植物的名字。

然而，比佐子卻覺得裕紀凝視三色堇的眼神隱約透著寂寥。

「那我走了。」

青年向他道別，比佐子這才猛然回神。

「啊，路上小心。」

目送裕紀三步併成兩步的背影離開，比佐子嘆了一口氣。

那位青年或許對花草植物有某種特別的回憶也說不定，或許那跟他即使過年也不回家有關。即使住在同一棟公寓，幾乎每晚都在同一個地方會合，還是有很多不了解的地方。當然，比佐子之於裕紀也是如此。

看在裕紀他們眼中，每天早上打掃公寓前面的比佐子或許只是個奇特的老人，但這一帶其實是比佐子的祖父留給他的土地。

由於地上權的名義另有其人，幾乎所有人都沒發現，但祖父的遺言任命比佐子為土地所有權人，父親也遵守祖父的遺言。

上次比佐子阻止這一帶的公寓免於拆遷時，裕紀還跟他說過：「不知道地主是誰，但地主是個不按牌理出牌的人真是太好了。」

那個不按牌理出牌的地主就是比佐子本人。

不過，比佐子也不想讓任何人知道這個事實。

只是——得想想一旦自己有個三長兩短以後的事了。

比佐子又看了中庭有棵大花山茱萸的古民家一眼。

打掃完回到家，比佐子拿起書架上的臨終筆記。

把筆記本放在暖被桌上，立刻翻開來看。

『首先，請先寫一篇自傳。』

自傳？

比佐子微微蹙眉。

根據臨終筆記指示，回顧自己從小到大的人生歷程，從過程了解自己這個人是走向人生最後一哩路不可或缺的作業，比佐子遵從筆記的建議，從筆盒裡拿出鋼筆。

幼兒期、小學、國中、高中、二十芳華……

依年代分成一格又一格的欄位。

比佐子把鋼筆的筆尖抵在「幼兒期的回憶」欄。

他決定先填寫小時候的家族成員這個欄位。

祖父母、父母、小三歲的妹妹再加上自己，一家六口，沒養寵物。

除此之外還要舉出快樂的事、與兒時玩伴的回憶等等，但比佐子出生時正值太平洋戰爭打得最如火如荼的時候。

如果還記得什麼，無非是幾乎每晚被推進又熱又臭，有如蒸三溫暖的防空洞。要是害怕哭泣或吵醒還是小嬰兒的妹妹郁子，就會被爸媽罵得狗血淋頭。

燒夷彈的火舌到處肆虐，院子裡的樹被燒成一團火球的光景在他童稚的心裡留下可怕的記憶。

父親在兵工廠上班，不用上戰場，但每天都被機油搞得髒兮兮地回來，表情陰沉得沒人敢跟他說話。

幾乎沒有任何快樂的回憶。

比佐子甩甩頭，跳到下一個項目。

「小學的回憶」

筆記本裡舉了喜歡什麼事、吃過什麼點心、學習的回憶等例子。

上小學後，比佐子多少也有了一點記憶。

那時戰爭已落幕，再也不用害怕空襲，也不會被推進防空洞，他對玉音放送[10]一點印象也沒有，但是鮮明地記得在那之後大約有一個禮拜的時間，每天晚上都點著路燈的事。

當時比佐子最喜歡廣播劇了。那個時代的電視不像現在這麼普及，大人也好，小孩也罷，廣播是所有人最重要的娛樂。

比佐子特別喜歡描述退伍軍人與戰爭孤兒交流的廣播劇〈鐘聲響起的山丘〉。

綠色丘陵上的紅色屋頂……只要聽到這首主題歌，不管他在做什麼，一定會飛奔到收音機前。直到今時今日，他還能把名為〈尖帽子〉的主題曲從頭唱到尾。

當時有什麼點心呢？

比佐子撐著下巴，努力回憶。

包括食物在內，總之是個物資匱乏的時代。他還記得母親為了帶回米或味噌，在配給站前大排長龍的身影。比佐子有時也會背著妹妹替母親排隊。

他很討厭長時間排隊等待，但唯有這種時候能得到炒麥粉或牛奶糖當獎品，有時候也會拿到用竹子皮把梅乾包起來代替糖果的零嘴。直接吃只會覺得很酸的梅乾隔著竹皮吸吮竟有幾分甘甜的味道，真不可思議。

至於學習的回憶，他只想到塗成黑色的教科書。

年幼的比佐子怎麼也想不明白，為什麼教科書上到處都有用墨水塗黑的痕跡。當時比佐子用的是堂哥留給他的教科書，堂哥塗黑的手法十分粗魯，書本看起來更髒了，常令比佐子羞愧得無地自容。

上中學後，街上總算有了電視，車站的街頭電視前總是人山人海，身材嬌小的比佐子根本什麼也看不見，總是恨得牙癢癢。

回想到這裡，比佐子深深地嘆了一口氣。

自己的孩提時代還真是大起大落。

如今回想起來，不免有股隔世之感。

當時就連瓦斯和電力都很匱乏，一到冬天，母親每天早上都要用木炭燒火，洗衣機出現在家裡是很久很久以後的事了。

比佐子望向日頭開始傾斜的窗外。

這一帶以前也是一片田園地帶，他還記得拖著貨物的馬踩著卡噠卡噠的馬蹄聲走在目前已是商店街的大馬路上。當時，比佐子經常去撿施肥用的馬糞給種田的祖父。

10. 第二次世界大戰接近尾聲時，一九四五年八月十四日由昭和天皇親自宣讀《終戰詔書》，隔天透過NHK正式對外廣播錄音檔。

現在只要按個鈕就能打開暖被桌，也能一個人霸占電視看。

「而且還是地上波的數位電視。」

比佐子唱歌似地自言自語，拿起電視遙控器。

自己愛看的推理節目就要開始了，在那之前先準備好稍晚的午飯吧。

比佐子闔上臨終筆記，打開電視，走進廚房。

用鹽和胡椒拌炒切好的青菜，加入泡過水的米粉，最後再繞著鍋緣淋上一圈蠔油是美味的關鍵，這也是那個人教他的懶人料理。

在暖被桌上鋪好餐墊，放上裝有米粉的盤子。

外國推理影集剛好開始播放。

比佐子癡迷地盯著偵探帥氣的臉龐，將剛起鍋的米粉送入口中。味道很清淡，但是蠔油發揮了畫龍點睛的效果，很好吃。

窩在暖被桌取暖，欣賞喜歡的連續劇，享用自己做的飯菜。

無拘無束，不必顧慮任何人的午後時光。

比佐子感到無比幸福。

十二月十九日，星期二。

這天，比佐子下午散步的時候順便去商店街買東西。儘管才一個人住，還是每三天就得買一堆東西，除了每天的食材，還有衛生紙和面紙等等，過得再怎麼克勤克儉，日用品依舊沒多久就得補貨。

塑膠袋的提手陷進皮膚，比佐子摩挲著手腕，心想差不多該買輛手推車了。

把買回來的青菜和日常用品分開來放好後，回到起居室時，天色已經完全暗下來了。冬至在即，太陽愈來愈早下山。

拉上厚重的窗簾，比佐子窩進暖被桌，把手伸向書架上的文具，繼續寫臨終筆記。

「高中的回憶」

筆記裡舉的例子是準備考試的過程、恩師、將來的夢想等等。

將來的夢想啊——

比佐子用筆尖輕輕敲打筆記本，陷入沉思。

印象中，直到國中畢業以前，他一直想當老師。比佐子的成績原本就很優秀，高中分到升學班。

可惜比佐子的父母不讓他上大學。

並非基於經濟上的理由，而是因為當時是個除非非常先進的家庭，否則普遍認為「女人不需要學問」的年代。

或許是覺得沒事老看書的比佐子不夠聽話，父親經常把「女子無才便是德」掛在嘴邊。

有別於妹妹郁子很討人喜歡，沉默寡言的比佐子從小就跟父親合不來，母親的態度雖然沒有父親那麼明顯，但是從母親的言行舉止還是可以看出母親比較疼妹妹。

就算向父母說明自己的夢想，父母也不可能幫他實現，上大學更是遙不可及的夢想。其他朋友的情況也都大同小異，因此比佐子並不認為自己特別不幸。

可是當級任老師知道他不打算升學時，直接告訴他「那你可以不用再來上學了」倒是令他十分錯愕。

腦海中浮現出女老師的頭髮紮成馬尾，眼神總是十分嚴厲的模樣。

大家私底下都叫雲英未嫁的老師為「老處女」。

比佐子至今未能理解老師為什麼要那麼說。

是想用激將法鼓勵連試都沒試就放棄的沒用學生，抑或只是單純的心情不好呢。

「老處女這句話也太難聽了……」

想想自己的狀況，比佐子不禁苦笑。

他其實不很清楚看起來已經不年輕的老師到底幾歲，只是每次浮現腦海的，總是深刻地刻劃在老師眉間那兩條垂直的皺紋。

結果不管是將來的夢想，還是恩師，比佐子都沒有東西可寫。

重新打起精神，跳到下一個項目。

「二十歲的回憶」

書中舉的例子是難以忘懷的事、人生的轉機等等。

高中畢業後，比佐子在職業介紹所的介紹下，去市中心的公司上班。那是家小型貿易公司，但是能在大都會「上班」依舊讓比佐子感到熱血沸騰。

感覺自己好不容易長大了，可以擺脫來自家庭與學校的束縛。

董事長十分賞識認真工作的比佐子，還用公司的經費讓他去上打字的夜校。

比佐子靜靜望向房間角落的櫃子。

當時使用的打字機就放在櫃子最下層，那是他離開公司時，董事長特別送給他的禮物。早就不能用了，但他捨不得丟掉，就這樣擺著當裝飾，要是找到對的買家，或許是很有價值的骨董也說不定，但比佐子完全沒有要賣掉的意思。

看著看著，每次一按下去就會強力反彈的觸感彷彿又在指尖甦醒。

這段期間有太多難以忘懷的事。

找到工作，還能學打字固然開心，但是更開心，而且比什麼都令他印象深刻的是領到薪水的那一刻。他還記得第一份薪水是八千圓左右，在當時算是剛出社會的平均薪資。

比佐子用第一份薪水給祖父買了時髦的軟呢帽。

與父親雖然話不投機半句多，但是另一方面，比佐子從小就和總是默默地在田裡工作的祖父異常對盤。當他把施肥用的馬糞集中在水桶裡，祖父會把原本就不大的雙眼瞇成一條線，撫摸比佐子的頭。

因為底下還有個妹妹，父母經常要比佐子忍耐，唯有在寡言少語的祖父面前能自然地放縱撒嬌。

比佐子年滿二十歲的時候，體弱多病的祖母已經去世了，留下祖父一個人，繼續下田工作。

當時，父親正打算剷平一半的農地，蓋公寓租人。日本正值景氣大好的年代，很多人為了追求更好的生活，紛紛來到市中心找工作，導致郊外開始出現好幾個衛星城市。

母親也忙著幫父親張羅，所以祖父獨自住在偏屋，就連煮食也都自己來。

比佐子往往一領到薪水就約祖父和還是高中生的郁子一起去銀座吃西餐。明明是上一個時代的人，但祖父很愛吃西餐，每次去銀座，祖父都會戴上比佐子送給他的軟呢帽，看起來風度翩翩，瀟灑極了。

花蝴蝶性格的郁子高中一畢業就只顧著和自己的男朋友出去玩，只剩比佐子與祖父的銀座約會倒是持續了很長一段時間。

比佐子之所以愛上咖啡，也是受到祖父的影響。

忘了從什麼時候開始，去銀座吃完西餐後，祖父一定會請比佐子去咖啡廳喝咖啡。比佐子起初會在咖啡裡加入大量砂糖，後來慢慢地學祖父開始喝起黑咖啡來。他最喜歡剛煮好的咖啡那股濃郁的香氣了。

忘了是哪一次，祖父特地帶他去東京鐵塔旁的咖啡廳。或許那是祖父年輕時與祖母一起去過的咖啡廳也未可知。

比佐子在那家店裡吃到這輩子第一塊翻轉蘋果塔。

比佐子以前只吃過用派皮包起來的蘋果派，看到塔皮上堆滿光澤耀眼的蜜糖色蘋果時，大吃一驚。

不是美國的蘋果派，而是法國的翻轉蘋果塔。

光聽名字就很誘人了，而且焦糖化的蘋果香氣四溢，酸味充滿成熟的風味，比佐子徹底被翻轉蘋果塔迷住。

沒想到祖父知道這麼時髦的點心。

其實仔細想想就明白了，祖父出生於明治時期，正好在大正民主主義盛行的摩登時代度過青春期。假以時日，配著黑咖啡吃的翻轉蘋果塔就成了比佐子暗自期待的樂趣。

回憶過就業、第一份薪水、打字機、翻轉蘋果塔後，比佐子卡在下一個項目。

說到人生的轉機，那當然是——

鋼筆的筆尖完全僵住。

與此同時，門鈴聲響遍狹小的房間，比佐子嚇了一跳，猛然抬頭。

「比佐子女士——」

接著是年輕女人的叫喚聲，比佐子安下心來。

住在車站另一邊的西村真奈下班過來找他。

「來了——」

比佐子應聲，離開暖被桌。他似乎與過去對峙了很長一段時間，不知不覺夜已經深了。

推開狹小的玄關門，比佐子有一瞬間陷入不可思議的幻覺。

雖然只是一瞬間，但他彷彿看見昔日的自己就站在門外。

「好冷噢！」

但這個聲音立刻拉比佐子回到現實。

條紋外套上圍著奶油色披肩的真奈正縮著脖子站在門口，栗子色的頭髮披在肩上，小巧的嘴巴塗著櫻花色的唇蜜。

細看之下，在丸之內大企業上班的真奈儼然是個「大小姐」，與在小型貿易公司裡當打字員的瘦乾巴自己根本一點也不像。

但這種話要是告訴真奈，他一定會否認：「我只是派遣。」雖然比佐子不太明白既然從事相同的工作，派遣跟其他員工到底哪裡不同。

「辛苦了，今天外面很冷呢。」

「對呀，白天還好，太陽一下山，風就突然變得好冷。」

既然真奈來接他，就表示「那家店」今晚也開門做生意。

「煤油提燈亮了？」比佐子問道。

「嗯，亮了。」真奈笑容滿面地回答。

「那我馬上準備，你先進來坐一下。」

比佐子招呼真奈進屋，自己坐到梳妝台前，用聖誕玫瑰的人造花髮夾將白髮紮成一束，圍上披肩，拿著小手提袋站起來。

「讓你久等了。」

比佐子與真奈一同走到屋外，看了二樓的房間一眼，二樓的窗戶沒拉窗簾，明亮的燈光從屋子裡透出來。

「不用叫他嗎？」

比佐子指著裕紀房間的窗戶，真奈白皙的臉頰倏地染上一抹紅暈。

「好像是，分鏡，還沒畫好的樣子……我猜晚一點就會來了。」

比佐子一臉玩味地看著回答得支支吾吾的真奈。

每次去那家店都會蹭到自己身邊的真奈，不知道從什麼時候開始與住在樓上的裕紀走得特別近。

看在比佐子眼中，兩位年齡相仿的年輕人十分相配。

今年初，裕紀出版了第一本漫畫作品，在商店街的書店舉辦簽名會時，真奈還做了蒸蛋糕請排隊等簽名的粉絲吃。

「油燈的光線真溫暖。」

真奈踩在石子路上，指著前方，煤油提燈在他修長的指尖前方閃爍著柔和的光芒。

那盞燈在黑暗的巷子裡讓人聯想到燈塔的光芒。

三番兩次讓迷失在這座城市的人感到安心的光芒。

走到白色門前，立在中庭的大花山茱萸根部的鐵製招牌映入眼簾。

Makan Malam。印尼文的Makan是食物，Malam是夜晚的意思。

老闆把這兩個字當成消夜的意思來用。

「啊，我已經聞到好香的味道了。」

真奈推開門，走進中庭，皺著鼻子猛聞。不知道在蒸什麼東西，溫暖的蒸氣從矗立在中庭深處的古民家飄散出來。

真奈按下門鈴，隨即響起大步流星踩在木板走廊上的腳步聲，沉重的玄關門應聲開啟。

「比佐子女士、真奈，歡迎光臨——！」

耳邊傳來渾厚的嗓音。

貌似還在準備中，那個人穿得比較隨興，只在牛仔布上圍著服務生的圍裙。比佐子和真奈已經習慣了，如果是初次上門的人，大概會嚇一跳吧。

因為身材高大到頭幾乎頂到天花板的男人身上穿的雖然是牛仔布，但可不是牛仔褲，而是長裙。

白天是舞蹈用品專賣店，晚上經營消夜咖啡店的老闆自稱夏露，是男扮女裝的中年男子。

「夏露，今晚的消夜是什麼？」

真奈邊脫下靴子，邊以興奮的語氣問道。

「今天嘛，我想做芋頭可樂餅，還有加入一大堆菇的味噌湯和薏仁糙米飯、菠菜滷油豆腐，再加上蘿蔔絲餅。」

「聽起來好好吃。」

比佐子和真奈望向彼此。

距離消夜咖啡店的營業時間還早，但比佐子和真奈因為是常客，可以先進去。

「我今天買到很多又大又好的芋頭喔。」

「夏露，我今天也可以進廚房嗎？」

「怎麼，你要幫忙嗎？」

「那當然！」

最近真奈都會早一點來跟夏露學做菜，聽說有時候會給裕紀吃他在這裡學會的菜。

也是這位「夏露」告訴比佐子下午四點以後喝咖啡會影響睡眠，和教他做一些簡單又有營養的懶人料理。

「那我就先去針線室了。」

比佐子向走進廚房的夏露和真奈知會一聲。

「麻煩你了，消夜做好我再去叫你。」

夏露朝他拋了一個媚眼，比佐子走進走廊盡頭的房間，設計成有如亞洲度假村的店內沒有其他人。

比佐子悄悄地在還沒開燈的店內看了一圈。

住宅的表情會隨住戶而異，現在這個家是由名喚夏露的女王所統治的王國。

即便如此，看到大片落地窗外的大花山茱萸，比佐子不免陷入懷念的感覺。

對比佐子而言，這個家有兩層重要的意義。

比佐子踩著鋪在木頭地板上的冬天用地毯，走向後面的小房間。

推開木門，裡頭是戴著五顏六色假髮的女紅們，正專心地刺繡或編織蕾絲，但是再仔細一看，他們全都是男人。

白天的舞蹈用品專賣店裡販賣的商品是由夏露設計，再由這些女紅巧手製作的禮服或首飾，全都是獨一無二的精品。

晚上的消夜咖啡店原本也只是為了要做飯給他們吃，後來才發展成一家店。

以夏露為首，聚集在這裡的女紅都稱自己為變裝皇后。

起初當然很驚訝，但比佐子沒多久就和他們混熟了。

因為他們從一開始就對比佐子很親切，沒人知道他是地主，以為他只是平凡的獨居老人。

「比佐子女士。」

有個中年男子向比佐子打招呼。大家都喊他克莉絲姐，在一群戴著長假髮、身穿晚禮服的變裝皇后中，只有他永遠西裝筆挺，一副上班族的模樣。

猛一看，頭髮稀疏、矮矮胖胖的克莉絲姐就只是隨處可見的正常中年男性。

認識夏露他們以後，比佐子才知道跨性別原來是那麼深奧的一門學問，他們絕不是用一句「人妖」就能概括的存在。

「你還戴著那個髮夾呢。」

「對呀，我很喜歡。」

比佐子伸手探向固定住白髮的淺紫色聖誕玫瑰，這個髮夾出自擅長製作人造花的克莉絲姐之手。

克莉絲姐總是把紫花地丁的人造花藏在灰色的西裝裡。

「我也可以加入你們嗎？」

比佐子打開小手提袋，裡頭裝滿色彩繽紛的絲線。

夏露最近對土耳其傳統手工藝特別感興趣，比佐子也跟著學做土耳其蕾絲。

「那有什麼問題。」

配合克莉絲姐的回答，其他女紅也猛點頭。

大夥兒輕鬆地坐在沙發或坐墊上工作，比佐子也在他們身邊坐下。比佐子的作品雖然不能拿出去賣，但克莉絲姐總是很有耐心地教他如何編織。

「哇！好美啊……」

克莉絲姐只用一根針和線就能織出漂亮的皇冠，令比佐子佩服得五體投地。

「只要加以應用，還能做成項鍊喔，要不要試試？」

「當然要！」

比佐子比照克莉絲妲的示範，把線穿過針孔。

繞線，打結，空出針腳，增加針腳，減少針腳。

像這樣用一條線仔細編織，就能創造出花或蝴蝶的圖案。老眼昏花固然有點惱人，但手工藝的樂趣讓比佐子忘卻時間的流逝。

聽說聚集在這裡的女紅們白天都以男人的打扮去公司上班，所以比佐子也能體會他們脫下西裝，打扮成自己喜歡的模樣，全神貫注在這些手工藝上的理由。

再也沒有比自己親手創造出什麼東西來更令人心滿意足的事了。

愉悅之情靜靜地湧上比佐子心頭。

小時候與妹妹郁子一起打毛線、縫羊毛氈來玩的記憶被喚醒，雖然當時做的東西一件也沒留下來。

就連曾經那麼開朗、那麼活力四射的妹妹，四年前丈夫去世後，也隨他而去似地染上肺炎，沒多久就死了。

事隔多年，每次想起這件事還是會感到無以名狀的難捨。

過去的記憶絕不是一條線，喜悅和悲傷、歡樂與痛苦總是緊緊糾纏，既無法相容，也不會斷絕。

郁子直到最後一刻都還在為孤獨終老的姊姊操心。

小郁，別擔心。

比佐子織著蕾絲，在心裡對小時候的郁子說。

我喜歡這裡。

小郁，我到了七十歲才第一次體會到夜晚的樂趣。

在這裡，每個人都能逃離殘酷的現實，飄飄盪盪地在自己的世界裡玩耍。

雖然一切都跟和小郁一起生活的時候不一樣，但我還是最喜歡這個可以不受任何拘束的空間。

比佐子集中精神處理有點棘手的圓形編織針腳。

完成一個花樣後，換上不同顏色的線，繼續編織緣飾，這麼一來就能做出更鮮豔、更複雜的花樣。

不知不覺中，比佐子忘了一切，專注於從遠古時代就深受穆斯林女性喜愛的土耳其蕾絲的世界裡。

十二月二十日，星期三。

一早就下著冰冷的雨，害比佐子沒辦法洗衣服。

一旦沒有陽光，木造公寓就變得好冷。比佐子鑽進暖被桌，看看電視，翻翻雜誌，懶懶散散地過了一天。

再加上天冷讓身體這裡疼、那裡痛的，始終打不起精神來，因此比佐子今天很晚才在暖被桌上攤開臨終筆記。

最主要的原因是他不想面對二十多歲發生在自己身上的「人生轉機」。

二十五歲的時候，比佐子結過一次婚。

要提到人生的轉機，就不能略過這件事，但那場婚姻對比佐子來說一點也不幸福。

高中畢業後進入貿易公司，同事都很寵愛他這個優秀的打字員，可是比佐子心裡清楚，這種好日子不可能永遠持續下去。

那是個除非有什麼特殊狀況，否則女人一定要結婚、走入家庭的時代。比佐子在公司待了七年，不知不覺就成了資歷最久的女性員工。

朋友們陸續結婚，就連小自己三歲的郁子都跳過自己先嫁人時，比佐子確實感到焦慮，要是能在公司找到對象就好了，無奈比佐子上班的地方幾乎沒有單身員工。

開始覺得職場上和家裡都沒有容身之處的時候，父親終於要比佐子去相親，對方是貸款給父親的銀行員。

當然，他並不認為父親安排自己相親只是為了和銀行建立關係，但是一想到父親其實從以前就很想要個兒子的心情，比佐子認為這是自己能為父親做的唯一一件事。

反正遲早都要嫁人。

既然如此，嫁給父親中意的對象對自己大概也是最好的選擇。

比佐子當時是真的這麼以為。

相親時見到的丈夫大自己十歲，給人的第一印象是老實。事後回想，或許是因為丈夫的表情太貧乏，無法讓人產生其他感想。

儘管如此，當對方透過媒人說想娶他為妻時，比佐子欣然接受了。雖然不愛這個人，但心裡總覺得就這樣湊合著過下去吧。

因為比佐子聽過、看過好幾個談戀愛結婚的朋友婚後幾年開始罵老公，彷彿愛情從來沒存在過的模樣。即使是嫁到橫須賀，接連生下好幾個男丁的妹妹，每次回娘家也都咬牙切齒地抱怨丈夫的缺點。

對於已屆適婚期的比佐子而言，結婚已經不是理想，而是迫在眉睫的現實，既然對方是老實人，有正經工作，自然沒什麼好挑剔。

身邊的人都支持比佐子的決定，父母高興得只差沒放鞭炮慶祝，公司裡的人也一疊聲地「恭喜」，就連讓他去學打字的董事長也沒挽留。

收到做為離職禮物的打字機，比佐子理所當然地離開了服務七年的公司。

幾乎所有人都為他的婚事感到高興，只有一個人例外，只有祖父一臉欲言又止的表情。

比佐子也很捨不得離開祖父，但他想得很開，就跟學校畢業一樣，女人離家嫁人本來就是天經地義的事。如果是一定得招贅的大戶人家則另當別論，但是在一般家庭裡，就算是長女也不例外。

婚後，比佐子搬到市中心。對方是獨生子，所以要和公婆同住是必然的結果。

當時走入婚姻的女人大抵都是同樣的命運，認為理所當然就是要照顧公婆。

『姊姊真想不開，居然嫁給獨子。像我，一開始就不考慮和長子或獨生子談戀愛。』

妹妹還曾經這樣嘲諷過他。郁子本身也因為要照顧一群小兔崽子實在太累了，動不動就回娘家。

『說什麼男人在外面工作比較偉大，這種觀念實在太奇怪了。主婦要做家事、帶小孩，從早忙到晚，為什麼連一毛錢薪水都領不到。』

比佐子也經常在電話裡聽郁子發牢騷聽到深夜。

比佐子本來就不討厭做家事，所以前幾年的日子過得還算風平浪靜。聽說公公血壓高，就減少菜裡的鹽分；聽說婆婆牙齒斷掉，就盡量煮不用費力咀嚼的菜，一手包辦所有的家務和雜事，也沒忘了要察言觀色。

丈夫似乎也很滿意這樣的比佐子。

情況出現變化是在結婚三年後。

比佐子的肚皮始終沒有動靜，這點讓婆婆開始沉不住氣，勸他去婦產科接受檢查的時候，比佐子理所當然地認為丈夫也要一起去，沒想到話才說出口，丈夫立刻大發雷霆。

『別瞧不起人！』

丈夫的火氣之大，令比佐子膽戰心驚。

從此以後，丈夫的態度明顯變得冷淡，婆婆也比照辦理，話裡開始夾槍帶棍。

『都怪你說話太不經大腦，居然要老公和你一起接受檢查。』

婆婆一句話堵得比佐子無言以對。

憑什麼只有自己要接受這種所謂不經大腦的要求。

比佐子徹底覺悟家裡只有自己是外人。自從有了這種感覺，等於每天都生活在別人家裡。

從早忙到晚，洗澡排最後。每逢丈夫和公婆的生日還得挖空心思做一桌好料，卻沒有人幫自己慶祝過生日。

起初覺得這也沒什麼，但是愈來愈忍無可忍，對丈夫也開始心生恐懼。明明白天連一句像樣的對話也沒有，到了晚上卻又肆無忌憚地把手伸到自己身上。

有一天，聽見婆婆向鄰居形容娶到自己是「抽到下下籤」，比佐子終於聽見內心某個東西崩塌的聲音。

回過神來的時候，他已經兩手空空地跳上電車了。

腦中一片空白地回到娘家，看到祖父跟以前一樣在田裡工作的身影時，比佐子感覺內心繃緊的東西一口氣融化了。

視線模糊，再也看不見周圍的一切。

液體滴滴答答地跌碎在地上。

意識到那是自己的眼淚時，比佐子蒙著臉，放聲大哭。

這時，他才五雷轟頂般地搞清楚自己真正的心意。

『爺爺，我……』

比佐子緊緊抓住大吃一驚，衝上前來的祖父。

『我其實根本不想結婚……』

比佐子蹲在地上，泣訴自己受盡委屈的心情。

一直受到壓抑的情緒一股腦兒地全湧上來，就連自己也不知該如何是好。

沒錯。

他根本不想嫁給大自己十歲以上的相親對象。

可是他認為這種話絕對不能說出口。自己本來就不是討人喜歡的女兒，所以只能嫁給父親為他挑選的對象，這個強迫觀念將自己五花大綁。

『可是，我已經忍無可忍了，再也忍不下去了……』
祖父始終一言不發地拍撫比佐子哭得像個孩子似的背。
想也知道，父親對比佐子「回娘家」的事暴跳如雷。
母親也訓誡比佐子，要他早點回婆家。
然而，平常很少堅持自己意見的祖父，唯獨這次以強硬的口吻幫他說話：
「比佐子哪裡都不用去，待在這裡就好。」
待在這裡就好。
祖父這句話帶給比佐子無比的勇氣。
每次回想起祖父當時毅然決然的眼神，比佐子至今仍會覺得鼻酸。
比佐子摘下老花眼鏡，拭去眼角的淚珠。
要是沒有祖父，自己會怎麼樣呢？大概會被趕回婆家吧。
已經是將近五十年前的事了，現在回想起來依舊感到內心深處一陣酸楚。
就算結婚對一般人來說是重大的轉機，比佐子個人也不願意再想起那件事。
思考了半天，比佐子終究一個字也沒寫就闔上筆記本。
看了時鐘一眼，夜已深。
覺得肚子有點餓，比佐子離開暖被桌，從厚重的窗簾縫隙往外看，煤油提燈在巷子盡頭的那扇門散發出光芒。
那一瞬間，比佐子感覺剛才的悶悶不樂一下子煙消雲散。
真奈今晚大概不會來了，但是他又能在針線室裡繼續昨天的練習，而且還能吃到美味的消夜。

比佐子在梳妝台前整理好頭髮，圍上披肩，拿起小手提袋，走出房門。

那天晚上的Makan Malam瀰漫著令人食指大動的香料氣味。

「今晚吃咖哩啊。」比佐子問道。

「敬請期待。」一身穿苔綠色晚禮服的夏露朝他眨眼，消失在廚房裡。

比佐子走進店裡，耳邊傳來七嘴八舌的說話聲。

「這樣啊……小櫻的立場也很尷尬呢，超級尷尬，那位畫家其實也心裡有數吧？」

戴著大紅色長假髮的年輕男人正拍打著坐在吧台座位的鄰座，年紀與他相去不遠的短髮女性肩膀。

那是夏露的妹子嘉姐和常客之一安武櫻，櫻是某個編輯部旗下的記者。

「晚安。」

比佐子打招呼，兩人不約而同地抬起頭來。

「晚安，比佐子女士。」

平時總是眉開眼笑的櫻不知怎地露出悶悶不樂的表情。

「怎麼啦？」

「比佐子女士，你聽我說——！」

比佐子問的是櫻，但嘉姐卻推開櫻，傾身向前。

順著嘉姐比手畫腳說的內容聽下來，原來是櫻那天去採訪某位知名插畫家時，不小心惹對方生氣了。

暢銷小說的插圖經常會用到那位插畫家的作品，所以比佐子的腦海中也立刻浮現出圖案。

「我原本就是那位畫家的粉絲，沒想到……」

櫻垂頭喪氣，彷彿被打敗的公雞。

櫻本來就是個工作狂，採訪前還仔細研究過插畫家的作品及經歷，聊得也很開心，還以為採訪能順利結束。

「可是，委託我去採訪的出版社編輯千叮嚀萬交代我一定要問一件事……」

那就是你結婚了沒？有沒有小孩？聽到這些問題，比佐子也「哎呀！」一聲傻住了。

「非常沒禮貌對吧。對方連年齡都不對外公開，我也知道他不想讓別人過問他的私生活。」

櫻懊惱地咬住下唇。

儘管如此，委託人還是硬要他問出來，認為那是女人的「天職」。

像櫻這種不是在出版社上班，而是隸屬於某個編輯部的記者基本上是所謂的外包。明明是櫻實際流血流汗去採訪，寫成報導，卻不能違抗從未出門採訪過的委託人，

已婚未婚、是不是母親，會影響大家看我作品的角度嗎？

當對方以嚴肅的眼神質問他時，櫻覺得太無地自容，恨不得能挖個地洞躲進去。

「要是有個洞，我真的會鑽進去。」

櫻深深嘆息。

「可是你已經誠心誠意地道歉過了吧？」
「我當然道歉了，但這不是道歉就可以原諒的無禮……」
「會逼你去問這種蠢問題的人，肯定是趾高氣昂的老頭吧？」嘉姐說道。
「沒錯！」櫻猛然抬頭。
「一點也沒錯！虧他還是女性雜誌的總編輯，卻一點也不了解女人的心情，是個迂腐的老頭。再說了，為什麼遇到女性藝術家就認為結婚、生小孩是人家的『天職』啊。」
「這我超懂的，那種人尤其會在個人簡介的地方寫上『幾個孩子的媽』。」
「沒錯，你說對了！那種跟不上時代的老頭還以為要這樣寫才能引起讀者的共鳴。」
「必須在賢妻良母的前提下才願意肯定你的作品，我最討厭這種人了。」
「就是，就是！擺出一副理解的模樣，心裡其實認為沒生過小孩的女人不算女人。」
「噁，好討厭！」
櫻和嘉姐環抱著身體尖叫，比佐子忍不住脫口而出：
「可是，會說出這種話的人，真的只有男人嗎？」
比佐子的喃喃自語令櫻和嘉姐暫停所有動作。
房裡頓時安靜下來。
定睛一看，坐在房子角落籐椅上的裕紀大概是撐不住了，正趴在桌上睡覺。安靜的屋內迴盪著德貢甘美朗宛如搖籃曲的旋律和裕紀的鼻息。
比佐子慌張地正要移動到窗邊的單人座沙發上時，櫻仰天長嘆。
「……說的也是。」

櫻彷彿要吐盡心中積鬱地說。

「仔細想想，我媽也對我說過同樣的話。不管我再怎麼努力工作，他都認為我只是在玩。」

櫻大大地嘆了一口氣。

「每次回老家，我爸媽不是說『你已經三十歲了』，就是說『你要玩到什麼時候』，壓力真不是普通的大。我也知道他們是擔心我，可是就不能不結婚嗎？……」

櫻的嘆息充滿真實感，比佐子不免同情起他來。

按一下開關就能啟動的暖被桌、有很多頻道的數位電視、愛看多久就看多久的國外影集。

明明感覺周圍一切恍如隔世，但人的想法其實跟自己年輕時沒什麼太大差別也說不定。

目前的確已經不是結了婚就得辭職，必須與公婆同住的時代，可是如果就連成功的藝術家都得一直被追問已婚未婚的問題，那世人對女性的看法基本上還是離不開「負責生小孩」的價值觀。

而且很遺憾的，不只男人支持這個價值觀。

難就難在這個價值觀並非建立在惡意或偏見上，而是有人在無意中將其視為倫理，是非常複雜且根深柢固的問題。

這個社會乍看之下把場面話說得頭頭是道，可是誕生於現代的櫻說不定也正受到自己未曾經歷過的壓迫。

「等等，可不是只有女人有壓力喔。」

原本在打瞌睡的裕紀突然冒出這句話。

「男人也有很多壓力。」

裕紀在椅子上伸了個懶腰，抓抓頭髮。

「少囉嗦。」

可是櫻和嘉姐卻異口同聲不讓他說下去。

「聖誕節有節目的人怎麼可能了解我的心情。」

櫻冷冷地把臉轉向一旁，嘉姐也面目猙獰地附和：

「對嘛對嘛，你究竟是什麼時候和真奈仔好上的？算了，你還是給我閉嘴睡覺吧。」

「怎麼這樣，好過分喔。」

「話說回來，只不過畫好分鏡，休息個什麼勁啊，接下來的作畫才是重點吧。」

「哇！嘉姐，你說的話怎麼跟編輯一模一樣。」

櫻鼓著臉，不理會嘉姐和裕紀的脣槍舌劍。

「哪像我，平安夜和聖誕節都要工作。」

「小櫻，我懂你的心情！」

嘉姐突然又對櫻說：

「對了，等你忙完了，要不要來看我們女紅姊妹的表演？從一半才開始看也沒關係，平安夜沒有節目的姊妹們要一起喝到天亮。」

「欸，可以嗎？那我一定要去！」

裕紀對興高采烈的櫻和嘉姐搖搖頭。

「我不行，平安夜要和真奈去横濱。」

「沒人問你！你這傢伙想吵架嗎！」

就在嘉姐摘下長假髮扔到一旁站起來的同時，夏露端著一只大鍋，從吧台裡走出來。

「真熱鬧啊，不過吃飯的時候先別吵架。」

屋子裡彌漫著充滿異國情調的香料風味。

「哇！好香啊。今晚吃咖哩？」

嘉姐立刻換上陶醉的表情，語氣也高亢了。

「是咖哩沒錯，不過是味道不太一樣的咖哩。」

夏露掀開鍋蓋，所有人都高聲歡呼。

紅蘿蔔、白蘿蔔、櫛瓜、花椰菜、青花菜……用蒸的湯頭散發出堅果的香氣，繽紛多彩的蔬菜如寶石般紛紛從湯裡探出頭來。

「這叫Korma，是印度北方的料理，特色在於湯底用了大量打成泥的腰果醬，以滿滿的蔬菜蒸煮而成。」

夏露做的料理有傳統的日本菜，也有今天這種出娘胎第一次看到，充滿異國風味的稀奇玩意兒。

「其實是前陣子，我有個老朋友送了我幾本阿育吠陀的書，我稍微把書裡的料理做一點變化。」

夏露邊把湯舀到碗裡，為大家說明。

「阿育吠陀現在很受歡迎呢，我也幫女性雜誌的特輯採訪過。」

櫻立刻跟上話題。

阿育吠陀好像是印度的古典醫學。

比佐子先靜靜地喝下一口Korma的湯，明明沒吃過這道菜，卻散發出一股懷念的風味，腰果醬的味道很濃郁，比咖哩更圓潤溫和，口感非常好。

上了年紀，香料風味太強的咖哩會對腸胃造成負擔，但這樣的味道剛剛好，彷彿再多都吃得下。

可以品嚐到沒去過的遙遠國度的料理，比佐子的脣畔自然而然地綻放喜悅的笑容。

「這次畫家的事，沒能提前說服委託人是我不好。」

彷彿從Korma得到力量，櫻再次開口。

「不管原因為何，我想再去向畫家誠心誠意地道一次歉。」

原本的活力又回到他臉上。

「小櫻，就是這股氣勢！只要好好解釋，對方一定會明白的。」

嘉妲使勁地拍了櫻的背一記。

「對呀。」

裕紀咬下炸蓮藕，用力點頭。

「創作基本上是很孤獨的工作，如果有人願意真誠地了解自己，還是會覺得很欣慰喔。哪像我，在匿名網站上被批評得一文不值……」

「啊！這麼說來的確有過一個叫『我討厭你』的網站！」

裕紀的喟嘆讓嘉姮一拳擊在掌心裡。

「那是什麼？」

「怎麼，小櫻不知道嗎？以前有個以『我討厭你』為題，風格強烈的網站。裕紀的作品在那裡被貶得一文不值。」

「欸……那還真是倒楣啊。」

櫻露出打從心底同情他的表情。

「可是那個網站不知道從什麼時候就消失了。」

「一想到哪天會不會又捲土重來，我就頭皮發麻。」

「啊！的確很有可能，現在很多人為了賺取廣告收入，刻意製作譁眾取寵的網站。」

「真的假的？」

裕紀發出窩囊的哀號時，耳邊有人用力地清了清喉嚨。

所有人都嚇了一跳。

只見夏露浮現出自信滿滿的笑容，鄭重其事地開口。

「不會的。」

不容置疑的語氣令三個年輕人大眼瞪小眼。夏露故作神秘地挑眉，優雅地在胸前搧起孔雀羽毛扇。

這個動作讓夏露看起來真的好像來自異世界的魔女。

「大姊都這麼說了，一定沒問題。」

「說的也是。」

嘉姐與櫻接受了夏露的說詞，裕紀也露出如釋重負的表情。

比佐子吃著煮得軟綿綿的蘿蔔，悄悄地觀察夏露的側臉。

他總覺得說不定是這個人又使了什麼「魔法」。

「不過，安武小姐也別為此耿耿於懷喔。」

裕紀已經完全打起精神，一臉從容地聳聳肩。

「創作者感覺得出來誰是真正支持自己的人，就像我有最理解我的真奈在，這樣就夠了。」

「你說什麼？明明剛才還在瑟瑟發抖，突然放什麼閃啊，混蛋。」

嘉姐氣得太陽穴突突跳動，櫻連忙「算了算了」地安撫他。

「裕紀也是了不起的創作者，所以你的建議我收下了。」

櫻有些害臊地接著說。

「更何況，不管怎麼說，我還是很喜歡現在的工作。」

比佐子覺得櫻的笑容好耀眼。

但願這麼坦率又聰明的女孩別像以前的自己那樣，因為急著要一個結論而把自己困住。

年輕絕不是無所不能。

乍看之下似乎有無限的可能性，但是要從其實極為有限的選項中做出選擇，反而是愈年輕傷得愈重。

然而，就算告訴現在的櫻一旦過了七十歲，不管是已婚、離婚還是未婚，其實都沒什麼太大的差別，大概也毫無意義。

加油。

比佐子只能在心裡默默地為他加油。

十二月二十一日，星期四。

雨從昨天開始下個不停，比佐子放棄掙扎，把衣服晾在屋子裡。

寫完從小到大的自傳，臨終筆記終於也來到尾聲。

遺言、稅金、葬禮、墓地……

要準備的事千頭萬緒，比佐子束手無策地坐在掛滿衣服的房間裡。

最恐怖的莫過於臨終醫療那一頁。

罹患不治之症時。

想知道病名、還剩下多少時間。只想知道病名。不想知道病名，也不想知道還剩下多少時間。

當選擇攤在眼前，比佐子卻不知道該怎麼選。

也無法思考維生醫療、安寧照護、尊嚴死的問題。

單是照護就有很多細項。

想請誰照護、想在哪裡接受照護、關於費用、需要特別留意的過敏源等等。

老實說，他從未想過要在哪裡嚥下最後一口氣。

一想到自己可能會孤零零地死在醫院，比佐子就覺得心裡黯然。

就算住進療養院等安寧醫療設施，也還是充滿不安。

萬一自己得了失智症該怎麼辦，聽說現在每四個八十五歲以上的人就有一個是失智症患者。

四分之一的機率。還不曉得自己能不能活到八十五歲，但這個機率未免也太可怕了。臨終筆記的項目分這麼細，大概也是預設到時候萬一將來得了失智症，可以讓代理人依照上頭的記述來處理。

既然如此，填滿筆記本果然很重要。想是這麼想，但比佐子還是不敢翻頁。走到窗邊，從窗簾的縫隙往外看，冷雨依舊淅瀝嘩啦地下著。

今天巷子盡頭的煤油提燈沒亮。

比佐子長嘆一聲，窩回暖被桌。

臨終醫療後面是器官捐贈、大體捐贈等項目。

年過七十的比佐子大概是提供不了臟器了，但眼角膜倒沒有年齡的限制。至於大體捐贈則是提供自己的遺體給醫學部做為解剖實習之用。比佐子也是今天才知道這件事。

去找祖父母和父母、妹妹。

感覺原本只有這個淡漠想法的死亡突然以極為現實的姿態呈現在眼前，比佐子難以承受地闔上筆記本。

十二月二十二日，星期五。

雨終於停了，天空覆蓋著厚厚的雲層，晾在屋裡的衣服還沒乾，比佐子繼續惴惴不安地寫臨終筆記。

今天最重要的是關於遺產繼承的問題。

比佐子沒有配偶，也沒有子女，父母和妹妹都已經去世，基本上是以郁子的兩個小孩為法定繼承人，但是自從前年阻止他們把這一帶的土地賣給炒地皮的人，原本就已經沒什麼交流了，如今更是幾乎不相往來。

兩個外甥恐怕正盤算著等比佐子死後，就要再把這塊土地賣給大型建商。

如果是那樣也沒辦法。

可是，比佐子有個無論如何也想要保護的地方，即使自己死了，那個地方也一定要繼續保留下去。

想起鬱鬱寡歡的櫻在熱鬧的歡聲笑語中吃到熱騰騰的消夜，因而振作起來的模樣，比佐子挺起胸膛。

他一定得趁現在把事情交代清楚。

比佐子翻到「遺囑的寫法」那一頁。

一般在立遺囑人神志還很清醒的狀態下寫的遺囑一共有三種寫法。

全文皆由自己親筆書寫的自書遺囑。

去公家機關請公證人辦理的公證遺囑。

遺囑內容不對外公開的密封遺囑。

不需要特別隱藏遺囑的內容，所以要比佐子選擇的話，不是自書遺囑，就是公證遺囑。

如果是自書遺囑，基本上不拘形式，只要親筆書寫，再簽名蓋章就行了，連公證人都不需要，隨時都可以開始寫。

只不過，等到自己死後，自書遺囑要由家事法庭開封，檢查是否為本人所寫。萬一在法院檢查是否為本人所寫之前就先開封，引起法律上的爭議，可能會失效。也無法完全排除遭到竄改或藏匿的可能性。

需要公證人的公證遺囑無需經過法院認證，大大地降低遺囑無效的機率，也不用擔心會被其他人竄改或撕毀丟棄。

但是也因此需要多花一點工夫準備。

尤其是比佐子為了守住那個地方，必須要有「特別關係人」或「受遺贈人」。

比佐子抱頭苦思。

看樣子還是得找尋生前贈與的方法，才能確實反映自己的意思。

然而，如果要在生前贈與不動產，贈與稅、契稅等又要多花一筆無謂的支出。

最大的關鍵在於——

比佐子摘下老花眼鏡，用力地揉了揉眼睛。

「受遺贈人」願不願意承受這一切。

比佐子離開暖被桌，走到窗邊。

掀開厚厚的窗簾，巷子盡頭的門外還是沒掛出煤油提燈，大概是年關將至，大家都很忙。

雖然他希望能在聖誕節前寫完臨終筆記。

比佐子回到暖被桌，重新審視繼承與遺囑的欄目。

上頭列出寫遺囑時需要注意的事項。

贈與土地或不動產時，土地的所有權人一定要跟地契上的名字一致。必須事先指定遺囑執行人。遺囑執行人是指在自己死後負責執行遺囑的人，所以最好委託具有法律知識的律師或代書。

還有，法律雖然沒有規定要事先透露遺囑內容，但如果想贈與的對象與自己沒有血緣關係，最好事先讓對方有一點心理準備……

比佐子想了一下，終於下定決心，抬起頭。

攤開信紙，翻到自書遺囑的撰寫範例那一頁。

先寫一次看看吧。

為鋼筆填充新的墨水，比佐子慎重地寫下「遺囑」二字。

十二月二十三日，星期六。

這天傍晚，比佐子帶著昨晚剛寫好的遺囑去拜訪巷子盡頭的古民家。

接下來的細節還是只能跟本人討論。

白天沒開店，所以比佐子已有撲空的心理準備。

然而按下門鈴，感覺屋子裡的人正乒荒馬亂地朝玄關走來。

「比佐子女士——！」

門一打開，就聽見嘉姐鬼哭神號。
「你來得正好，能不能耽誤你一點時間？」
嘉姐用力抓住他的手臂，嚇得比佐子大驚失色。
「嘉姐，夏露呢？」
「大姊去買布，前天就出去了，明天才會回來。」
所以不管是白天的舞蹈用品專賣店還是晚上的「Makan Malam」才都沒開啊。
「這不是重點，比佐子女士，大事不好，明天就是平安夜了，表演的禮服卻還沒做好，我今天送完貨以後就一直趕工縫製，可還是來不及。」
嘉姐撇著八字眉求救。
「所以比佐子女士，可以請你幫幫忙嗎？」
「當然可以啊。」
比佐子把裝有遺囑的托特包背到身後，二話不說走進屋子裡。到了這把年紀，很少有機會能幫上別人的忙。
而且請他幫忙的還是平常總是帶給自己朝氣的變裝皇后，不一口答應才奇怪。
「只要是我能幫上忙的，不要客氣，儘管開口。」
「太好了！比佐子女士的手很巧，簡直是如虎添翼。克莉絲姐和真奈仔下班也會來幫忙。」
「我該做什麼呢？」
「我想在禮服上釘滿亮片，像鏡球那樣光芒萬丈。」

「只要弄得光芒萬丈就行了對吧？」

「沒錯，要弄得光芒萬丈喔。」

與嘉姐一起進到針線室，已經有幾個變裝皇后圍成一圈，正為禮服縫製緣飾或羽毛。

比佐子立刻坐在沙發上，與嘉姐一起釘亮片，輪流把銀色和金色的亮片縫在黑色緞面禮服上。

「這沒有要賣，所以作工有點粗糙也沒關係，只要燈光打下來的時候能閃閃發亮就行了。」

「我知道。」

比佐子用穿針器把線穿過針孔，戴著金色假髮、在後面工作的變裝皇后靜靜地朝他點了點頭。

「這些禮服是他們要在舞台上穿的喔。」

嘉姐在他耳邊解釋。

據嘉姐所說，金髮的變裝皇后平常在新宿的酒吧上班。

「別看他們那樣，舞跳得可好了。」

「你不跳嗎？」比佐子問道。

「比起上台，我更喜歡在台下為大家鼓掌。」嘉姐咯咯笑著回答。

接下來的時間，比佐子和嘉姐全神貫注地為禮服縫上亮片。每個人各自做著不同的事，優閒地度過一天最後的幾個小時固然很開心，但是像這樣所有人朝著同一個方向努力也很刺激。

比佐子無端想起小時候跟郁子一起專心做手工藝的事，他還曾經熬夜幫郁子織平安夜要送給男朋友的圍巾和手套。

比佐子不動聲色地四下張望。

針線室如今鋪著厚厚的地毯，擺放著坐墊，已經完全不復見昔日的痕跡了。

然而，這個小房間其實是比佐子和郁子以前共用的房間。

比佐子高中畢業時，父親剷平農地，蓋了新家，比佐子一家人搬過去住，但祖父在那之後也繼續住在老家的偏屋。

目前由夏露統治的古民家其實是比佐子的老家，也是祖父晚年生活的地方。

祖父死後，比佐子獨自在這裡住了一陣子，但一個人實在管理不了包括倉庫在內的大宅，就把地上權交給從父親手上繼承房地產業的妹妹和妹夫，自己搬到公寓一角，這件事他從未跟任何人提過。

妹妹與妹夫住在橫須賀，晚年把不動產全部丟給房仲業者管理，所以他對新房客的了解僅止於合約上寫的資料。

但比佐子一直很掛念老家，同時也是充滿祖父回憶的偏屋變成什麼樣子。

所以他不時地去看一下狀況，然後就遇見了「夏露」這個好似出現在小時候看過的故事書裡，宛如魔法師般不可思議的人物。

「您是住在附近的人吧，要不要進來喝杯茶？」

當他偷偷摸摸地跑去陳列著超華麗禮服的服飾店偵察時，那個人對自己說。

比佐子被他打扮得花枝招展的模樣嚇到，拔腿就想跑的時候，那個人對自己說的話令他停下腳步。

回想與夏露的相遇，這時門鈴突然響起。

「來了——！」

身旁的嘉姐一馬當先地衝出去，大概是克莉絲姐和真奈來了。

比佐子的作業大致完成，起初只是很單調的黑色禮服，轉眼間已經變成充滿舞台張力的奢華禮服，比佐子很滿意自己的成果。

「有力的幫手來了！」

嘉姐笑容滿面地與克莉絲姐和真奈一起回房間。

「還有一點忙也幫不上的大叔也來了。」

不知道為什麼，後面還跟著國中老師柳田。

「喂！」

被形容成一點忙也幫不上的柳田立刻大聲抗議。

「我剛才不也說了，既然御廚不在，那我就回去了。」

「吵死人了！目前是沒魚蝦也好的緊急狀態。少廢話，你去那邊，幫忙把布攤開。」

「開什麼玩笑，你說誰是蝦！再說了，要我幫忙做禮服……」

抗議無效，柳田被蜂擁而上的變裝皇后硬生生地拖到房間角落。

「那這裡就交給克莉絲姐了。」

嘉姐與克莉絲姐擊掌，挽起袖子。

「今晚的伙食由我和真奈仔下廚，敬請期待。」

「什麼！」

話剛說完，被當成人體模特兒披上布料的柳田立刻發難。

「由你下廚？」

「怎麼，你有什麼意見嗎？」

「當然有啊，你又打算餵我們吃炭嗎！」

「你說什麼，臭老頭。要打架嗎，來啊！」

真奈見怪不怪地插進一觸即發的兩人之間。

「嘉姐，我買了做鹹蛋糕的材料，有馬鈴薯和鮭魚、菠菜，你覺得如何？」

「聽起來好棒！」

嘉姐的心情一下子就變好了，與真奈一起走向廚房。真奈回過頭來，悄悄地用嘴型說「包在我身上」，比佐子忍不住莞爾一笑。

嘉姐做的菜確實讓人有點不放心，但如果加上最近由夏露手把手傳授的真奈，大概就不用太擔心了。

「連比佐子女士也被拖下水，真不好意思。」

一襲灰色西裝的克莉絲姐在比佐子旁邊坐下。

「別這麼說，平常受大家關照了，這點小事當然要幫忙。」

「就快大功告成了呢。」

「嗯，只差一點了。」

「那就一起努力吧。」

「好啊！」

隨著人手增加，針線室一口氣變得熱鬧無比。柳田雖然嘴裡嘟嘟囔囔地抱怨，但也在房間角落稱職地扮演著人體模特兒。

比佐子邊與克莉絲妲聊天邊釘亮片，把自己當初來的目的忘得一乾二淨。

十二月二十四日，星期日。

昨天忙到太晚，比佐子過中午才終於離開被窩。

撕下月曆，小巧的圓圈映入眼簾，今天是平安夜，臨終筆記也姑且看完了。

但是若問他對「人生的結束方法」是否已經有了概念，比佐子還是霧裡看花。他跳過臨終醫療的項目，也還不清楚自己對葬禮有什麼要求。

再怎麼誠實面對過去的自己，未來的事依舊茫無頭緒。

如同二十多歲的時候無法想像三十多歲的自己，七十多歲的自己也無法想像八十多歲的自己。

不管到了幾歲，這點或許都不會變。

還有遺囑的問題，沒有配偶也沒有子女的比佐子無法自己一個人決定遺囑。

比佐子斜睨了托特包一眼，遺囑還在裡面。

既然今天是平安夜，白天和晚上的店都不會開吧。

嘉姐他們大概會穿上昨天剛做好的禮服，興高采烈地去表演，裕紀也說要和真奈去約會。

其他常客今天肯定也有節目。

今晚要一個人度過啊──

比佐子輕聲嘆息，站在狹小的廚房裡。

提不起勁煮飯，用泡麵打發了早餐兼午餐。

下午窩在暖被桌裡看書的時候，受到睡意襲擊，不小心睡著了。

之所以會醒來，是聽到有東西在抓玻璃的細微聲響。

驀然抬頭，在玻璃門的另一邊看見虎斑貓的身影，是那隻在這一帶混吃混喝的野貓。

「哎呀，小虎……」

虎斑貓看上了比佐子房裡的暖被桌，冬天經常來他家過夜。比佐子走向窗邊，被天色已經漆黑如墨嚇了一跳。

只要有人願意在孤單又寂寞的夜裡來找他，就算是野貓也歡迎之至。

可是不知道為什麼，都打開玻璃門了，虎斑貓還不進來，雙腳乖巧地靠攏在身體前面，瞳孔放大的黑色雙眸直勾勾地瞅著比佐子。

「怎麼啦，小虎。」

比佐子從窗戶探出身子，微微張大了雙眼。

煤油提燈在巷子盡頭的白門上大放光芒。

看了看時鐘，才六點，但有如燈塔般的明亮光線依舊輕柔地在黑暗中閃爍。

虎斑貓在看得出神的比佐子面前輕巧地翻了個身，體態優美的身影逐漸消失在黑暗裡。

要不要進來喝杯茶。

剎那間，彷彿聽見初遇時，夏露對他說的第一句話。

比佐子猛然回神，連忙在梳妝台前坐下，整理睡亂的頭髮，拿起裝著遺囑的托特包，衝出家門。

「比佐子女士，歡迎光臨──！」

時間遠比平常還早，但是穿著深酒紅色晚禮服的夏露還是跟平常一樣，站在門口迎接比佐子。

「我還以為你今天休息。」

比佐子說道，夏露咧嘴一笑。

「沒錯，今天不營業喔。」

「咦？」

夏露拋下反問的比佐子，走到玄關外面，關掉煤油提燈再回來，比佐子不解地凝視他的背影。

「怎麼了，快點進來呀。」

在夏露的催促下，比佐子戰戰兢兢地脫鞋。

難不成──夏露的意思是說，今天不會再有其他客人來。

如果是那樣的話，事情就好辦了。

比佐子重新拎好裝有遺囑的托特包。

「夏露，我今天來是有話想跟你說……」

「真巧，我也是。」

夏露回過頭來打斷比佐子的話。

「不過先吃飯吧，今天不吃消夜，直接吃晚餐。來，進來吧。」

夏露拋下一個媚眼，走進廚房。比佐子打直脊梁，調整好心情。

比佐子踏進昏暗的房裡，一時為之屏息。

感覺有人站在黑暗中。

爺爺——

不過他馬上明白那是錯覺，只是大花山茱萸倒映在窗戶上的樹枝看起來像是人影罷了。

比佐子眨眼的瞬間，有東西從籐椅上悄悄地站起。

咚。

虎斑貓發出細微的聲響降落在地板上。

「啊，小虎。」

比佐子朝彷彿引導自己過來的貓伸出手，但虎斑貓把頭轉向一邊，跳上窗邊的單人座沙發，躺了下來，嘴巴張大到有些駭人的地步，打了一個大大的哈欠，前腳頂著小巧的額頭，縮成一團。

一連串的動作可愛到極點，比佐子不由得笑逐顏開，心想貓咪大概是集世界上所有可愛的元素於一身，卻又帶著一絲「陰險」的生物。

「讓你久等了。」

夏露從吧台後面現身時，比佐子為自己天馬行空的想像羞紅了臉。

「今天只有我們兩個。」

夏露把陶鍋放在吧台上，掀開鍋蓋，溫暖的蒸氣頓時擴散開來。

「這是芋頭的日式蔬菜鍋。」

芋頭、蓮藕、紅蘿蔔、花椰菜……比佐子滿心期待地看著鍋裡裝滿了自己愛吃的蔬菜。

「這樣吃也很好吃，但是先喝湯，再沾點鹽巴和橄欖油吃剩下的蔬菜，享受類似用蒸的口感也很美味喔。」

夏露遞出在岩鹽裡加了清澈透明橄欖油的小碟子。

「還有醋溜滑菇海帶芽、紅豆飯和醃蘿蔔。蘿蔔是我自己醃的。」

「太棒了，全都是我最愛吃的東西。」

比佐子受寵若驚，夏露露出滿意的笑容。

比佐子先喝一口晶瑩剔透的湯，根莖類的清甜在舌尖蔓延，然後是昆布富有層次的鮮甜排山倒海而來。

「啊，真好吃……」

比佐子喃喃低語，宛若嘆息。根莖類的精華滲入了今天只吃過泡麵的身體。此時此刻，街頭巷尾肯定充斥著法國菜或義大利菜等山珍海味，但是對比佐子來說，那些都比不上這種沁人心脾的食物好吃。

「芋頭好像天然的麻糬，甜甜軟軟的，真的好好吃。」
夏露對比佐子的讚歎微微一笑。
「對呀，而且芋頭對腸胃很好喔，還能讓身體暖和起來，是很偉大的食物。」
沒用砂糖，只以米麴醃漬的蘿蔔也很美味。
「夏露，其實我要跟你討論的是……」
吃完飯，比佐子終於鼓起勇氣切入正題。
「我開始準備人生的下一段旅程了。」
「下一段旅程？」
夏露嚥下最後一口紅豆飯，不解地反問。
「比佐子女士，你要去哪裡旅行嗎？」
「欸？」
意料之外的反問換比佐子愣了一下。兩人面面相覷了好一會兒，比佐子這才反應過來。
「不是啦，你誤會了，我沒有要去旅行，而是要去另一個世界。」
「另一個世界？」
夏露還是一臉摸不著頭腦的模樣。
「是的，我差不多也該考慮自己的身後事了，所以開始進行各項準備。」
比佐子把托特包拉到手邊。
「所以呢，我簡單地寫下來了，可以請你以輕鬆的心情看一下嗎？」

比佐子從托特包裡拿出信封，遞給夏露，但夏露遲遲不肯接過去，沒辦法，比佐子只好把信封放在吧台上。

「晚點再看也沒關係，但還是希望你能看一下。一定要先計畫好我不在以後的事，至少這個地方……」

「比佐子女士。」

夏露站起來，打斷他的話。

「今天有很特別的甜點，等我一下。」

夏露手腳俐落地疊起空盤，消失在吧台後面。沒料到他會有這麼一招，比佐子有些茫然。望向還放在吧台上的信封，比佐子輕聲嘆息。房間裡只剩下他一個人，還有虎斑貓安穩的鼾聲。

比佐子用力地閉上雙眼，傾聽虎斑貓規律的鼾聲。再次睜開眼睛是因為聞到意外的味道，不是平常的餐後茶，而是用剛磨好的咖啡粉沖泡的咖啡，非常有層次的香味撲鼻而來。

「雖然我不贊成下午四點以後喝咖啡，但今天例外。」

比佐子驚訝地看著夏露手中與咖啡壺一起送上來的盤子，塔皮上塞滿烤成焦糖色的糖煮蘋果。懷念的感覺為比佐子的臉頰染上紅暈。

這個味道充滿他與祖父的回憶，同時也是認識夏露的契機。

『您是住在附近的人吧，要不要進來喝杯茶？』

第一次看到這麼不尋常的人，比佐子嚇得想要拔腿就跑，那個人的下一句話卻是：

『我剛好烤了翻轉蘋果塔——』

如果是別種蛋糕或蘋果派，比佐子一定不會停下腳步。

翻轉蘋果塔。

這個字眼讓比佐子感到一切都是天意。

「今天是特別的日子，所以全都是你愛吃的東西。」

夏露臉上浮現出魔女般的笑容。

「或許世人都認為今天是平安夜，但這裡不是。」

夏露切開剛出爐，還冒著熱氣的翻轉蘋果塔，遞到比佐子眼前。

「比佐子女士，生日快樂。」

比佐子不由得掩住嘴角。

「你怎麼會……」

「哎呀，你忘了嗎？以前大家聊起聖誕節的話題時，你不小心說溜嘴了，說平安夜是你的生日。」

這個人居然一直記得他當時隨口說的一句話。

比佐子感覺鼻子好酸。

因為只比耶穌基督早一天生日，從小到大沒有人單獨為比佐子慶祝過生日，生日禮物通常也是聖誕禮物，更過分的時候甚至拖到連紅包一起給。

嫁到婆家也從未慶祝過生日，那一天總是在為婆家準備火雞大餐或聖誕蛋糕的過程中無聲無息地消失。

只有自己悄悄地在月曆上做記號。

「去年因為我爸的事，沒能幫你慶祝，心想今年一定好好地慶祝。」

咖啡馥郁的香味與翻轉蘋果塔酸酸甜甜的熱氣。

比佐子用力地吸入這兩種香氣，淚水滴滴答答地跌碎在吧台上。

「比佐子女士，你知道嗎？」

夏露靜靜地問正在拭淚的比佐子。

「翻轉蘋果塔是從法國一對姊妹的失敗作裡誕生的甜點喔。」

「失敗作？這麼色香味俱全的蛋糕怎麼會是失敗作？」

「就是。」

夏露抱著胳膊頷首。

「失敗的原因眾說紛紜，有人說是糖煮蘋果燒焦了，有人說是烤的時候忘了加入麵糊，還有人說是忘了翻回來就直接放進烤箱裡，不知道哪種說法才正確，只知道翻轉蘋果塔是意料之外的產物。」

夏露注視著比佐子，慢條斯理地說明。

「無論準備得再周全，也無法完全照計畫進行，反而是無法盡如人意的情況居多，所以那對姊妹才會做出這道讓自己的名字留傳後世的甜點[11]。計畫趕不上變化才是所謂

11. 翻轉蘋果塔的原文為 Tarte Tatin，Tatin 是那對姊妹的名字。

的人生不是嗎？」

「計畫趕不上變化……」

「沒錯。居然在這麼美好的生日思考人生最後一哩路不是太奇怪了嗎？我很感謝你為這家店著想的心意，可是啊……」

夏露露出歲月靜好的笑容。

「就連我，也不曉得明天會怎樣喔。」

隱藏在微笑背後的語氣那麼殷切，令比佐子抬起頭來，想起夏露去年年初才動過一場大手術。

「夏露，別這麼說……」

比佐子才說到一半，就被夏露溫柔地打斷了。

「不只是像我這種生病的人，任何人都不知道未來會發生什麼事。」

夏露一瞬也不瞬地看著比佐子。

「所以啊，比起擔心未來不曉得會發生什麼事，盡可能快快樂樂地度過每個當下還比較重要不是嗎？」

快快樂樂地度過每個當下。

這句話彷彿解開了比佐子至今所有的心結。

比佐子第一次覺得比起過去的自己，比起未來的自己，重視現在的自己才是人生最後一哩路正確的方向也說不定。

「夏露……」

「來，趁著咖啡還沒涼，趕快吃吧。翻轉蘋果塔還可以佐豆漿奶油喔。」

夏露從咖啡壺裡為他倒了一杯熱咖啡。比佐子拿起咖啡杯，享受摩卡的香氣。

吃下一口焦糖色的翻轉蘋果塔，酸酸甜甜的風味直擊唾液腺，下巴有點痛。紅玉蘋果清爽的口感充滿了整個口腔。

味道與二十歲的時候和祖父一起吃的翻轉蘋果塔略有不同。

儘管如此，七十五歲以後和彷彿來自另一個世界，魔女般不可思議的友人品嚐的翻轉蘋果塔也別有一番滋味。

「夏露，我今年其實是喜壽喔。」

「真的嗎，太棒了，這不是很值得高興的歲數嗎？不過，你一點也看不出來這麼大了。」

「夏露看起來也不像五十歲啊。」

「那就讓我們忘掉彼此的年紀吧。」

比佐子與夏露相視而笑，腦海中又浮現出另一種完全不同的感慨。

萬一自己有兒有女，或許就跟夏露差不多大。

然而，倘若這個人真是自己的兒子，他能這麼輕易接受他是變裝皇后的事實嗎？

比佐子捫心自問，心裡不免有些黯然。

夏露在這裡儼然母儀天下的女王，可是聽說他和父母的關係不太好。

有時正因為有血緣關係反而處不好。

如同比佐子與父親話不投機半句多那樣。

父親當初被祖父交代由比佐子繼承土地所有權的遺言氣得暴跳如雷，但父親直到晚年都不曾背叛祖父的交代。

現在的比佐子已經能理解，儘管話不投機半句多，也不表示父親不愛自己。

說不定這才是比臨終筆記更重要的事也說不定。

「比佐子女士，我看過一本書，書上說如果把人當成基本粒子，每個人身上的基本粒子會在一年內全部換成新的。」

夏露沒留意到比佐子的感慨，露了一手新學到的知識。

「意思是說，人每過一次生日就等於重生一遍嗎？」

「就是這個意思。這麼說來，無論長到幾歲，生日還是很了不起呢！」

「真的很了不起呢……」

那天晚上，兩人喝著咖啡，促膝長談到三更半夜。

夏露丟出來的話題天馬行空，既有深度又豐富多元，比佐子不停地笑，不停地感到佩服，怎麼聊也聊不膩。

十二月二十五日，星期一。

早上，比佐子神清氣爽地醒來。

打開窗戶，冬季的晴天讓一切看起來閃閃發光，凜冽的冷空氣竄進屋子裡，比佐子呵出雪白的氣息。

望向巷子盡頭的古民家，彷彿在種著大花山茱萸的中庭看到祖父下田工作的身影。

爺爺，對方不肯收下我的遺囑。
但是請告訴妹妹和爸媽，不用擔心我。
因為我到了這把年紀，還能交到這麼棒的朋友。
比佐子臉上浮現出少女般含羞帶怯的微笑。
不只夏露。
年輕的新銳漫畫家、在丸之內大企業上班的可愛粉領族、快活又聰明的女性文字工作者、有點頑固的國中老師，還有才華洋溢、總是熱熱鬧鬧的變裝皇后們。
自己這個住在老舊木造公寓的獨居老人恐怕比旁人以為的更加幸福。
夏露告訴他「人類體內的基本粒子會在一年內全部換新」的低沉嗓音忽地在耳邊甦醒。
比佐子注視著自己的雙手，感覺自己真的重生了一遍。
面對全新的自己，這才是比佐子接下來要走的最後一哩路。
關上窗戶，站在牆壁的月曆前。
今年還有一週就要結束了。
比佐子小心翼翼地撕下一張日曆，在心裡喃喃自語。
很高興見到你，七十七歲的我。
未來的歲月，請多多指教。

主要參考文獻

●《美人食譜 長壽飲食 雜糧篇》カノン小林　洋泉社

●《organic base早午晚的長壽食譜》奧津典子 河出書房新社

●《阿育吠陀飲食法 理論與食譜 用食物來改變身心》香取薰、佐藤真紀子　徑書房

●《阿育吠陀療養院的排毒食譜》BARBERYN AYURVEDA RESORTS監修　川島一惠、若山曜子　ENTERBRAIN

●《享受季節的果醬與果實酒》谷島聖子　成美堂出版

●《土耳其的傳統手藝：緣飾（Oya）的樣本》石本寬治、石本智惠子著，C・R・K design＆西田碧編　Tulcan Sevgi監修　高橋書店

●《土耳其的小巧蕾絲編織Oya》野中幾美編　誠文堂新光社

●《讓心意被理解：您與家人的臨終筆記》野俊明　PHP研究所

●《人生最後一程的設計圖：充滿個人風格的『最後一哩路』指南》NPO法人Life Design Center　亞紀書店

●《深入了解日本料理師傅的工作》栗栖正博　柴田書店

●《古典落語金馬・小圓朝集》三遊亭金馬、三遊亭小圓朝著　飯島友治編　筑摩書房出版

第二話的落語「藪入」的台詞參考自《古典落語金馬·小圓朝集》

（三遊亭金馬、三遊亭小圓朝著，飯島友治編，筑摩書房出版）

國家圖書館出版品預行編目資料

三訪！愛開不開的深夜咖啡店 / 古內一繪著；緋華璃譯. -- 初版. -- 臺北市：皇冠, 2019.10　面；公分. --(皇冠叢書；第4798種)(大賞；114)
譯自：きまぐれな夜食カフェ
　　　マカン・マラン みたび
ISBN 978-957-33-3486-6 (平裝)

861.57　　　　　108015366

皇冠叢書第4798種
大賞｜114
三訪！愛開不開的
深夜咖啡店
きまぐれな夜食カフェ
マカン・マラン みたび

作　　者—古內一繪
譯　　者—緋華璃
發 行 人—平雲
出版發行—皇冠文化出版有限公司
台北市敦化北路120巷50號
電話◎02-27168888
郵撥帳號◎15261516號
皇冠出版社(香港)有限公司
香港上環文咸東街50號寶恒商業中心
23樓2301-3室
電話◎2529-1778　傳真◎2527-0904
總 編 輯—龔橞甄
責任主編—許婷婷
責任編輯—蔡維鋼
美術設計—王瓊瑤
著作完成日期—2017年
初版一刷日期—2019年10月

法律顧問—王惠光律師

讀者服務傳真專線◎02-27150507
電腦編號◎506114
ISBN◎978-957-33-3486-6
Printed in Taiwan
本書定價◎新台幣280元/港幣93元